學校沒教我的36堂課

一位進行性肌肉萎縮症者的病房手札

陳彩美・著

自小罹患「進行性肌肉萎縮症」的陳彩美，小學四年級即因貧病輟學，但她不向命運低頭，憑著旺盛的求生意志。過了四十多年辛苦的日子，靠著萎縮的右手握筆，學書法、選修空中大學科目、學電腦、閱讀和寫作。

連翻個身子或低頭看書後抬起頭，都需要別人幫忙的她說：「我現在連自殺的力氣都沒有了！所以我只能更努力地活下去！寫下去！」

目　次

【推薦序】
一個字，就是一次呼吸，一次生命的喟嘆／吳念真序 • 5
誰才是誰的恩人？／高克培醫師序 • 9
病床上的筆耕者／吳敏顯序 • 15

【自序】
從感恩談起 • 21

1. 我的大腳丫 • 25
2. 傳承 • 29
3. 共同的夢想 • 33
4. 阿嬤與我（一） • 39
5. 阿嬤與我（二） • 45
6. 初次與教會的接觸 • 49
7. 回首向來蕭瑟處 • 53
8. 貴人與奇蹟 • 57
9. 求醫 • 63
10. 我的室友 • 69
11. 江湖郎中 • 75

12. 再次北上求醫 • 77
13. 深邃的溫柔 • 79
14. 大姐的青春 • 85
15. 朋友 • 89
16. 山居 • 93
17. 不可能的任務（一） • 103
18. 漫遊山水間 • 107
19. 不可能的任務（二） • 111
20. 不可能的任務（三） • 115
21. 杏林春暖 • 119
22. 良師益友 • 121
23. 分享 • 127
24. 我的母親 • 133
25. 天上人間 • 135
26. 病房手札 • 139
27. 浴火鳳凰 • 143
28. 賺得一份好心情 • 147
29. E網情誼 • 149
30. 人生 • 151
31. 無常歲月 • 155
32. 感謝的心情 • 161
33. 坐看雲起時 • 165
34. 一個考驗 • 169
35. 一個好朋友 • 171
36. 令人感恩的白衣天使 • 173

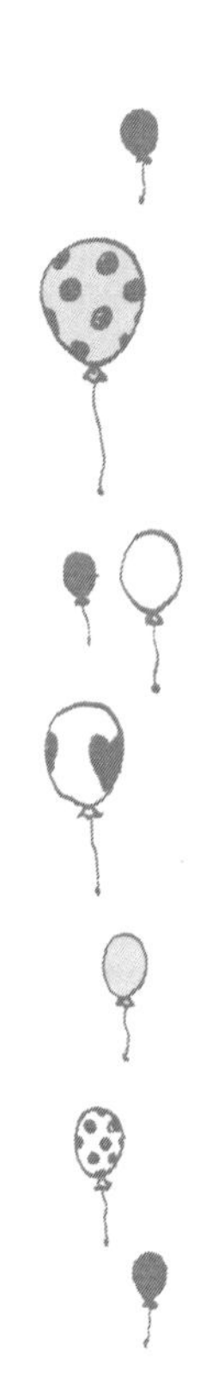

一個字，就是一次呼吸，一次生命的喟嘆

吳念真

其實我並不喜歡這個序的題目，太文藝腔了，和我的習性不符。

但，當我看到彩美最近的照片，對照幾年前她留在我記憶裡的樣子，看著電腦上這幾年來她一個按鍵、一個按鍵敲出來的所有文字，腦袋裡自然浮現的就是這樣的感嘆。

其實幾年前這本書就應該呈現在讀者面前了；如果當年我能更積極一點，或者，肯聽從幾個出版社的建議：瞞著彩美自己掏腰包讓他們印出來，至少可以完成彩美的心願，也可以實現自己曾經對彩美的的承諾。

那時沒有這樣做……我不知道彩美是否能諒解，主要是我覺得這樣做太虛偽了，一如一場騙局。但，卻又不知道該用什麼講法把真實的狀況告訴她；所以，最後我只能內疚地把她的文字稿放在我自己許多未完成的文字創作的檔案裡，一直到今天。

今天，彩美多年來這樣一個字、一個字敲出來的文字終於要結集出版了；終於有一個出版人似乎完全不理會出版業的現實狀況，

願意實現彩美的心願。但對我來說，在為彩美感到高興的同時，那似乎早已遺忘、消散的內疚剎那間竟以加倍的重量再度浮現。

至今，從未跟彩美真正見過面，認識的只有她的文字。

記得那年我正在做一個電視節目，製作組訪問的對象是多年來一直對台灣的醫療工作付出一生心力的外籍神父們。製作組錄製回來的影帶裡我看到彩美，是被神父照顧著的病患之一。

同時他們也帶回來彩美不知道花費多少時間一個字、一個字敲打出來的文章。

在畫面裡我看到彩美躺在病床上，用很不方便的姿勢、很勉強的肢體不懈地敲打出她童年的回憶、生命的寄望和夢想、病痛的感嘆以及對包括神父在內所有幫助過她的人的感恩。

她的文字簡單地一如平鋪直敘，純樸而且乾淨，即便是情感凝聚之處也是淡淡帶過。

曾經以為是經年躺在病床上的她是以一種早已平靜而通透的心去看待身邊所有的人事物；後來才知道事實並非如此，由於病痛的關係，對我們來說輕而易舉的一個打字動作對她卻是一次軀體上極大的折騰。因此，一個字一個句子對我們來說或許只是一次文字組合的嘗試，對她，卻是……好吧，請容我這麼說，就是一次當下依然活著的證明，一次對生命的喟嘆，一次源自內心真誠的感恩。

問題是，不認識她或者不認識這種疾病的出版人或者讀者又如何能從那麼簡單、純樸的文字裡去閱讀甚至感受到那種和生命、命運拼鬥的勇氣以及她心裡那種強烈地想要充分表達的對身邊許多人、事、物的感受和感恩？

當年，為了讓她有更方便一點的工具，我曾經送給她一部筆記型電腦以替換老舊而且佔掉病床左右太多面積的PC。她或許為了表示謝意，在短短的時間裡更用心用力地寫出許多新的創作；當作品陸續寄來的時候，老實說，我的心情複雜至極，一來幾個出版的朋友已經表示出版的難處，再者是我開始擔心是否會因此害她耗費太多體力在她依然懷抱幻夢的創作上面。至於始終未能幫彩美實現的夢，至今仍是我心裡的痛。

說來是另一種奇怪的因緣。十幾天前，當年彩美住過的羅東聖母醫院邀我去討論一個老人養護所計畫的募款文宣；我問起彩美和當年照顧過她的神父的事，工作人員都記得彩美，也跟我說神父還在，只是也許當年成天彎腰照料那些行動不便的孩子，現在髖關節有點問題，行動已經沒有往年俐落；不過，他們說她開起電動輪椅依然如當年開車一樣勇猛。沒想到會議進行中，我竟然看到神父拄著枴杖在雨中一步一步地從窗口走過。

神父老了，但對台灣的愛以及繼續服務的熱情不改。彩美當然也增加了年歲，但以文字證明自己存在的努力也始終沒有放棄。面對這種單純而美好的心願，想起當年未能實現的應允心中的愧疚愈深。這篇雜亂無章的文字除了回顧生命過程中的一次因緣之外，最大的期待無非是希望彩美可以諒解我的無力和無能。

誰才是誰的恩人？

高克培醫師
（陽明大學臨床教授）

我FSHD末期的病人陳彩美小姐突然來電子信，告訴我她已經把她殘障、而且愈來愈殘障的一生，寫成了書，即將出版，並且要求我寫序。老實說，剛開始我很詫異，心裡有一連串的遲疑？

我沒出版過書，也沒為任何書寫過序，序要如何寫？

雖然自認是個盡忠職守的「資深」醫師，但絕不是醫界大老，可能為她的書增加多少光彩？

我不是甚麼社會名流，能夠為她賺取些許眼淚和關注？

雖然在報章媒體寫過幾篇醫療改革的文章，我的文筆能感動幾個人，使她的書讓人間增添幾許溫情？

最重要的是，她殘障不便、住在宜蘭，而我在台北醫學中心忙碌的行醫和教學，二十七年前看過她兩、三次之後，就沒再見過面！在這麼長的時間裡，我們只偶爾通過一、兩次信，都是她主動；比較近的是兩年前，她為了困擾她好久的肚子痛，用電子信向我求助，我要她就近找我一位同學診治，再來就是這次告訴我出書、寫序的事。對她這麼一個二十幾年沒再見過面的患者我能寫出甚麼？

但是我很快地答應她了，對一位二十幾年不時在腦海裡出現的「債主」，一位永遠不會向我討債的債主，這正是我感恩、還一點點債的時候！

沒錯，摧殘她一輩子的病是我給的名字，換個說法，也就是「她的病是我診斷的」，此外，陳彩美的一生，我真得著墨不多。這個病根本沒法醫，所以我沒有治療過她，我沒怎麼安慰、鼓勵過她，甚至我也沒怎麼關心過她，倒是她影響了我的一生。

陳彩美患的病叫做「面肩胛肱部型進行性肌源性肌萎縮症(Facioscapulohumerol Muscular Dystrophy」，簡稱FSHD。這個病和其他進行性肌源性肌萎縮症一樣都是由於基因不正常引起，而無法治療的病。FSHD與其它肌萎縮症不一樣的是，早期患者會有兩個特別的現象極度困擾他（她）們：一個是面部肌肉無力，使患者面部似乎沒有表情，特別是無法有正常的笑容，由於閉眼睛的肌肉沒力，他（她）們永遠無法瞇瞇地笑，也由於嘴腳不能上揚，他（她）們笑時，嘴唇橫向兩邊，有時反而像哭一樣，燦爛或開懷的笑容永遠不會飛到他（她）們青春的臉龐。所以這些患者從小不但不討喜，讓人覺得不友善、不合群，很多的人幼時或年輕時的外號不是「鐵甲面」，就是「哭鐵面」。人們習慣用「他所看到的臉色」回報他所面對的人，所以，FSHD的患者一輩子都要面對許許多多的鐵甲面或哭鐵面！

另一個特徵是萎縮的肌肉位於肩胛骨（俗稱湯匙骨，在上背部兩側）和肱股（上臂）附近，衣服如果不脫下，或袖子不捲到腋窩，沒人會看到，他（她）們常以此遮醜，使自己看起來一如常人，但是代價太太了，因為他（她）們明明上臂萎縮無力、舉不起甚麼東西，卻總不容易得到別人的同情和協助，甚至被誤解是「裝病」。

可想而知他（她）們患病早期的痛苦和無奈，到了中、後期，就像其他的進行性肌源性肌萎縮症一樣，慢慢開始以輪椅代步，繼而臥床，直到他（她）們的全身被自己的「全身」完全地捆綁！據我展轉知道，彩美現在已經沒甚麼動作可以自主了！

我診斷過很多FSHD患者，陳彩美是一位很特殊的一位，特殊的不是她的病，而是因為她出現在我診療肌肉神經疾患生涯初期、還是菜鳥的階段，事實上也可說幾乎就是台灣臨床肌肉學剛剛萌芽的階段。在我們醫院，她的病歷只有薄薄的兩三頁，而且實在太久遠，早經合法的程序銷毀掉了，但是二十七年來好像她一直在暗中幫助著我，我也確實不時會想到她，在心理默默地謝謝她。

因為她的病應該有家族遺傳性，但卻問不出來（她全家人我只看過在旁貼身照顧她的一位妹妹），為了確定進行性肌源性肌萎縮症muscular dystrophy (MD)的診斷，肌肉切片是個必須的檢查。在當時這手術雖小可是卻很少醫師做過。我選擇她的大腿前部，就在她病床邊，請另一位與我一樣年輕的骨科醫師同事（他現在已是骨科部主任）一起按著教科書的敘述，皮膚切開後，一層一層剝開組織往下找肌肉，但很不幸，花了兩個多小時，一直挖，直到深可見骨都找不到肌肉，我們兩個醫師滿面通紅、全身冒汗、雙眼對看，不知如何是好？她發現我們踢到了鐵板，沒甚麼抱怨，流著淚（應該是忍著痛）反而安慰我們「沒關係，換個地方，再挖」！

我們如獲大赦，另起爐灶，換從小腿後部再開一刀，終於取得一小塊肌肉檢體，謝謝陳彩美！

台北榮民總醫院神經肌肉病理切片實驗室就是在那時我自己摸索成立的，當時沒有任何前輩可堪請教。她的檢體切片染色，我無論如何看就是看不出甚麼名堂。老實說，我也忘記我當時如何答覆或應付她「我到底患的是甚麼病」？好加在，不久正好有兩位美國教授來本院教學訪問，我在討論會裡提出陳彩美這個個案，才知道我臆斷沒錯，是FSHD，這個病中期時，肌肉萎縮、無力和病理變化的程度本來就隨肌肉的位置不同而不同，肢體前部的肌肉可以嚴重萎縮到找不到肉，而後部的肌肉卻可以輕到接近正常。這兩位美國教授可能看到眾多醫師裡只有我對這方面有興趣而且似乎肯學，就收我為徒，讓我在波士頓New England Medical Center做研究員，進修臨床神經肌肉學，就此開展出我後來的神經肌肉學醫師生涯，榮總和台灣也開始有了這方面的專門醫師，謝謝陳彩美！

也就從那時起，在台北榮民總醫院，我由無知漸漸成熟到「為人師」，二十七年來，我教導過無數優秀的神經科住院醫師，也分別在幾個醫學院授過肌肉學的課，幾乎每次我都會借用陳彩美這個典型的例子，用我恩師當年教授我的話向菜鳥醫師們介紹FSHD這個惡疾，所以，謝謝陳彩美！

二十七年的歲月真的足以讓一個幼稚輕狂的人俯首自慚。不知道甚麼時候開始，平日診療患者時，我常不自覺地向他們道謝，尤其對那些慢性神經肌肉疾病的患者，例如肌無力症（Myasthenia Gravis）、脊髓側索硬化症(Amyotrophic Lateral Sclerosis，又叫做運動神經原疾病，Motor Neuron Disease，俗稱漸凍人）、周邊神經疾病、各種肌萎縮症，以及其他神經科患者。我早已迷惑，愈來愈搞不清楚「我這個醫師」和「曾經是我的病患」間，誰才是誰的恩人？

我自己沒本領寫本書，此時我不禁又要謝謝陳彩美給我這個機會，讓我借她生命書的一角，向豐富了我一生、受苦受難的「菩薩們」、「陳彩美們」說聲——謝謝您們，感恩啦！

（補記：寫這篇生平第一次，也許是唯一的一次「序言」期間，我做了兩個夢，3月21日總統選舉投票前一晚，我夢到候選人都答應我要開辦全世界第一個國家級的「全民基因保險」；3月22日又夢到總統當選人答應我要在台灣各地公辦民營興辦許多平民化溫溫馨的重殘人士安養機構。彩美，我的夢美嗎？）

病床上的筆耕者

吳敏顯

自小罹患「進行性肌肉萎縮症」的陳彩美，讀到小學四年級時即因貧病輟學，從此在病榻上纏綿四十幾年。她不向命運低頭，學書法、選修空中大學科目、學電腦，同時勤於閱讀和寫作。民國八十八年十二月住進宜蘭醫院護理之家迄今，仍努力地寫作。平日連翻個身子或低頭看書之後要抬起頭，都需要別人幫忙的她說：「我現在連自殺的力氣都沒有了！所以我只能更努力地活下去！寫下去！」

宜蘭醫院護理之家病床上，近八年來一直住著一名幾乎渾身動彈不得的女人。她憑著意志力，勾著頭用不太聽從使喚的手指，捏著原子筆，在稿紙上一個字一個字的寫下心裡的感觸。然後，再利用筆記型電腦的軌跡球，把所寫的文章，逐字逐句地鍵在電腦上。

每隔一段時間，就有個神父接她離開醫院到教會聚會，她便把存在電腦裡的文章，投寄給相關的刊物。其中以天主教雜誌最多。

陳彩美出身宜蘭縣五結鄉下，小時候和不少村裡的孩童一樣，要走很長一段路去讀書。到了小學四年級時，她突然覺得原本只要走半個鐘頭的路程，似乎越來越長了。她發現自己走路時身體的平衡感越來越差，甚至會無緣無故地渾身乏力，走著走著便像個醉漢那樣手腳發軟地搖來晃去，終至抬不起沈重的雙腿而跌倒。本來和她一起上學的童伴怕遲到，早已走得不見人影，陳彩美只好咬著牙從地上爬起來繼續走，又跌倒了就再爬起來走。出門時一身乾淨的衣服，到了學校已沾滿塵土。如果是陰雨天氣，渾身有如躺在泥濘裡打過滾，兩個膝蓋早被路面上尖銳的石子戳得全是傷口。

跌倒的次數越來越頻繁，最後甚至無法站立著走一段路。陳彩美的父親幫她釘了兩張小板凳。這板凳不是讓她在途中坐下休息，而是讓她能一手抓著一張板凳，採蹲著的姿勢向前移動身體，好到學校上課。可沒多久，她連抓板凳的手掌部位都結了繭，同是小小年紀的童伴，便把她當成像螃蟹那樣的怪物。因此。升上五年級時，陳彩美不再上學了。

陳彩美家裡有五個姐妹和一個弟弟，這對一個佃農家庭是非常沈重的包袱。發病的頭幾年，家裡根本沒有錢送她去看病，連鄉下衛生所的醫師都不敢找，只能聽信偏方或由祖母到廟裡求神明指點，結果神明說她生來就是「破相」的命。當然也有江湖郎中安慰她父母說，她只是個發育不良的孩子，等孩子再長大一些也許能夠不藥而癒。

十七歲時，陳彩美寫了一封信向青年救國團主任蔣經國求助，很快便獲得回應。由救國團派人把她送到羅東博愛醫院診治，當時的醫師發現她的肌肉萎縮卻無法確定病因，後來轉往台大醫院、台北榮民總醫院做了肌肉切片檢查，經一位從國外進修回來的醫師診斷後，才證實罹患了「進行性肌肉萎縮症」，這時她申請到一張輪椅代步，不用繼續靠那兩張小板凳蹲在地上移動身體。

「進行性肌肉萎縮症」，是一種遺傳基因缺損所引發的病症，會造成患者肌肉細胞逐漸萎縮，導致吞嚥困難或心臟衰竭。目前醫療技術和現有的藥物，只能設法讓患者減輕痛苦，減緩萎縮速度或避免感染其他併發症，卻無法針對肌肉萎縮情況有所改善。這種隱性基因遺傳的疾病，通常只出現在男童身上，且至多存活到二十幾歲。像陳彩美不但是極罕見的女病患，發病後還能持續活到五十幾歲，醫師說，她的意志力和生命力確實超人一等。

其實，陳彩美除了對抗疾病的能耐教人刮目相看，她求知上進心也是很多人所不及的。先後被安置在天主教靈醫會丸山療養院和衛生署宜蘭醫院護理之家迄今十幾年間，她利用看電視選修了空中大學一些課程，包括了國文、心理學、人生哲學、文學概論等科目，還有朋友不斷地介紹一些好書供她閱讀，碰到疑難一時找不到人請教時，她便查閱字典，總是非常努力地想彌補自己早年失學的遺憾。

陳彩美讀過一些書之後，認為應當把自己一些感想寫下來，於是她開始練習寫作，同時想學習電腦。先則獲得丸山療養院柏德琳修士和很多工作人員的照顧，惠民殘障中心的主事謝樂廷神父更是定期開著廂型車，載她前往醫院複診。電視節目主持人吳念真知道情況，特別送她一部電腦，後來電腦故障，有一位陳仁勇醫師幫她送修，廠商認為受損嚴重，不如買新的，陳醫師送她一部電腦，讓她在寫作上能夠持續使用較便捷的工具。

很多醫護人員都驚訝陳彩美的硬筆字寫得很漂亮，任誰都看不出那是出於一個手指無法正常握住筆桿的人所寫的字。她說，她連小學都沒有辦法讀畢業，如果字再寫得不好，豈不是更讓人瞧不起，因此她開始在家練習書法，後來還臨過書法字帖。當她沒有力氣握住筆桿時，便雙手一起開弓，以左手扶住右手一齊使力書寫。

她前後住在醫院裡已經十幾年，閱讀、書寫和投稿，已經成為她生活中的重要大事，她不斷地鼓舞自己，正像她在〈人生有夢〉的文章開頭所說的：「當你想飛的時候，想辦法為自己添一雙翅膀吧！唯有心懷夢想，邁向理想才會有美麗的人生。」

她舉自己學電腦為例，每星期兩次的電腦課，幸有謝樂廷神父開廂型車接送，從初級班到進階班斷斷續續地學了五個月，讓她得以為圓夢踩出第一步。只是一個生活起居都得仰賴他人的重度殘障者，必然還有更艱難的步子要走。自身的缺陷得靠自己一一去克服，她的手沒力氣敲擊鍵盤，也難以掌控滑鼠，她便改用軌跡球替代，也就這樣地從基礎學到進階，進而影像處理、網頁製作，事後回想起來，連自己都覺得訝異。

學會電腦，讓她對寫作更具信心。她常利用半夜燃亮床頭小燈，先用紙筆把捕捉到的靈感寫在紙上，等第二天打開電腦時再行輸入。大家勸她要多休息，她說，她可沒有太多的時間用來睡覺哩！

宜蘭醫院特別准許陳彩美申裝一支電話，志工人員會協助她安裝電腦，讓她能夠順利地把所寫的文章，逐字逐句地輸入電腦裡。

民國九十六年七月，她寫了一篇〈病房手記——浴火鳳凰〉的散文，刊登在《九彎十八拐》文學雙月刊上，引起各大媒體注意，相繼到宜蘭醫院護理之家採訪。陳彩美回憶起四十幾年的生病過程時，曾感傷地說，她心裡明白自己的病好不了了，而且會一天比一天差，目前她已經連自己翻身都得靠護理人員幫忙。甚至，只要低著頭寫個十分鐘的字，頭部便無法再抬起來，必須靠別人協助慢慢地扶起來。

不過，她卻告訴來訪的媒體記者說，她還是要繼續寫。她要把握機會，更認真更有效率地創作和書寫。至少她想要出一本書，她已經寫好了好幾萬字；她持續在寫的是自傳，這自傳應當可以鼓勵很多沒有辦法走路，或是長年躺在病床上的人，到九十六年七月份已經完成了兩萬字，她還要加油才行！

陳彩美笑著說，一個長期住院的患者，意志難免逐漸消沈，她所以能夠有些例外，很多人的幫助和自我的求生意志缺一不可。在〈病房手記——浴火鳳凰〉文章中，她寫著：「醫院成了生死的轉運站，有人戰勝了，大步的踏出醫院，走入人生；也有人戰敗了，被送出醫院，回到天家。」「表面上看似平靜的病房，其實一點都不安穩，住在這裡的每個人，無時不在征戰，不僅他們的體內正在發揮極力，每個好細胞都沒有閒置，正在戰戰兢兢的捍衛疆土與壞細胞作戰；他們的心靈也陷入一場與死神拔河的意志之戰。」

每個星期會有兩次由復健治療師來幫她做復健，其他時間她便在護理人員協助下靠著被動式的復健運動機械，進行四肢的復健。她曾經和一名熟識的復健師聊到生死觀念，對方委婉地談到有些長期患者受不了病痛折磨而走絕路，能像她那樣堅強的實在令人佩服。陳彩美笑著回答：「我現在連自殺的力氣都沒有！所以我只能更努力地活下去！寫下去！」

從感恩談起

生命能夠活著，對我來說不僅是奇蹟，也是一件非常值得感恩的事。小四那年我生病了，走到哪裡就摔到哪裡，凡走過必留痕跡，不是跌得遍體鱗傷，就是頭破血流。我問阿嬤會不會死，阿嬤卻對我說：「憨孫仔天公疼好人，妳未死啦。」日復一日病情愈來愈嚴重，我很想請爸媽帶我去看醫師，然而當我面對著家徒四壁的環境，以及嗷嗷待哺的弟妹，我卻開不了口。天啊！心中不斷的吶喊，我該怎麼辦，我怨、我恨、我悲，怎麼連老天您也要欺負我。

一直到十七歲那年寫了一封求助信給當時的行政院院長蔣經國先生，他仁慈的對我伸出援手，我才有機會到醫院接受診治，誰知道結果卻是無解的罕見疾病，對蔣經國先生的幫助我很感謝，然而更令人感恩的是那些救國團的輔導人員，為了就醫的事，一次又一次來來回回奔走於各醫院間接洽，從無怨言，頭一次讓我感受這人間溫情，對這份情我永遠銘記在心。

在沒有得到治療的情況下，以為會活不成了，想不到還是活下來了，我所憑藉著只有一股不向命運低頭的毅力，在每次摔倒的時候，我總是告訴自己不能夠就這樣倒下來，我還年少，還有好多事沒做，不能敗給命運，更不想自己的人生就此劃上休止符，也許真是老天垂憐我就這樣活下來了。

根據醫學文獻記載，這種進行性肌肉萎縮症只能存活到二十歲左右的青春時期，而我早已超越這個界限年齡；這是上主賜予的恩典，讓我有機會以感恩的心情一點一滴記錄這坎坷的生命歷程。

寫好這本書是我一直以來所懷抱的願望，這要從學習電腦開始說起。

那是民國九十四年的事，對於一個全身癱瘓的人來說，打電腦是個不可能的任務與挑戰，在不被看好的情況下，我憑著以往那種不服輸的精神，挑戰自己。

儘管學習的過程有著太多的障礙等著我，比如雙手全廢的我既不能打鍵盤、也不能拿滑鼠，更沒辦法一邊聽課一邊作筆記。但是，事在人為，只要有心就可以迎刃而解。感謝伊甸的貼心，送我一個軌跡球，化解我文書輸入的障礙，使我學習電腦更為方便。

不僅體能有問題，距離更是一大難題，若不是謝樂廷神父的鼎力相助，風雨無阻的接送，每堂課他都準時從羅東開著他那輛八人坐的專車到宜蘭來載我，我也不可能完成我的電腦課。

在電腦課結訓頒獎時，我領到班上唯一的全勤獎，這一切當然該歸功於謝神父的辛勤接送，我於是請老師把這個獎頒給謝神父，當場獲得全班的熱烈掌聲。

就在那時候，吳念真大哥為了製作「台灣念真情」的節目來羅東採訪謝神父，而我也同時接受採訪，當吳大哥知道我學習電腦的辛苦情形後，他慷慨解囊送我一台筆記型電腦，從此不但上課方便了許多。

從那時候起，我開始提筆斷斷續續的寫作，雖然幾近完成，但因自己覺得寫得不盡理想而中途作罷，後來得到羅東聖母醫院陳仁勇醫師的熱心指導，才再度燃起信心，重新開始寫作。

所謂有志者事竟成，如今終於將它完成，能夠順利寫下這本書，對我來說真是不容易，尤其是用這雙全廢的手，將八萬多字的文字一個個的輸入電腦裡面，感覺整個過程就像愚公移山一樣，這一路走來好辛苦哦，這之中有多少氣餒、多少徬徨。

每當我想要放棄的時候，陳醫師總是適時的施以援手，他不僅是朋友，更是一位良師，當我寫好一篇作品傳遞給他，請他指正時，他總會仔細的幫我看出其中的缺失，並且很中肯的建議我如何改進；倘若沒有他慷慨贈送電腦（吳大哥相贈的那台電腦後來故障不能用了），此書真不知何年何月才能完成。

這一路走來幸虧有這些上帝派來的天使的協助，我才能無礙前行，真不知道該怎麼感謝他們呢！我只有更認真的寫，作為回報。

這些作品寫在熄燈後，四周酣聲、呻吟聲此起彼落，（醫院晚上十點熄燈）寫在寒夜時刻，用一隻冷冰冰的手寫出心中熱忱的感動，也寫在脈搏時而快時而慢、胸膛乍痛乍悶的時刻，每一字每一句雖不敢說是嘔心瀝血，卻都出自真誠，這些前塵往事，如今回首仍然不勝唏噓。

衷心的祈望這本書能夠在為自己加油的同時，也能夠引起一些迴響與共鳴，為一些同樣身處困境的朋友打氣，這才不枉我抱病揮筆。

其實要感謝的人仍然很多，如多位幫我拿出電腦的醫院志工，其中最難得的是一位基督教友，他受陳醫師的請託每星期六、日都會過來醫院幫我拿電腦，好讓我方便使用。因此，嚴格說來這本書不是我一個人寫成的，這而是靠大家的愛心共同完成的。

此時此刻心中有說不出的滿滿感謝之情，希望朋友們也能夠與我分享這份屬於大家的成果。

最後要特別感謝沈榮鋒大哥的幫助，想不到三十年前他在救國團服務時協助我就醫，三十年後當我們再度重逢他又對我伸出援手，多虧他鼎力相助，這本書才能夠順利出版，謹此致上我最大的謝意。

陳彩美

中華民國九十九年八月二十三日

於署立宜蘭醫院

我的大腳丫

「醜小鴨、大腳丫、笨仔鴨，哈哈哈……」每當聽人家這樣取笑我的時候，就氣呼呼的要找對方打架，但都被阿嬤拉開，說：「查某囡仔人，嘸通刺耙耙，動不動就跟尬人相打。」我抗議的說：「是伊先笑我耶！」，阿嬤安慰我說：「大腳有啥米不好，站得穩、行得遠。擱再講，明朝的馬皇后嘛是大腳婆，有福氣的人喔！將來你一定尬伊同款好命。」哦不！我心高氣傲的說：「我才不要像皇后一樣的命，我要當俠客。」

六〇年代的「蘭陽」是一處未曾開發的桃花源，也是貧窮落後的縣。五結鄉季水村更是一個貧窮的小村莊，那時候每家每戶都沒有電視可看，日常娛樂只有聽收音機，常聽廣播的我，對於三國誌、水滸傳、七俠五義等，這些英雄豪傑行俠仗義的故事特別神往。我崇拜「七俠五義」中南俠與北俠義薄雲天的精神，喜歡「水滸傳」裡草莽英雄打抱不平的豪氣；最令我仰慕的是「三國」裡的趙子龍，他那一夫當關、萬夫莫敵的氣魄，好神勇喔！

學著講古仙仔的語氣告訴阿嬤，「等我長大以後也要去行俠仗義」，阿嬤卻被我這種無厘頭的想法弄得啼笑皆非。媽媽對我嘆息說：「看你一臉聰明相，怎麼淨想這些糊塗事。」

可是我並沒有把這些話聽進去，仍然我行我素，扙著「大腳」的名號行俠村里，到後來不是把別人打得鼻青臉腫，就是讓自己掛彩；阿嬤見我這付德行心疼起來，嘆氣說：「大概註生娘娘把你性別倒錯啦！」當初種種跡象顯示會是個男孩，連咱家廟的神明連連三次聖筊！你媽就是懷抱著這樣的希望，一個接著一個生，誰知道人算不如天算！

不太像女孩的我，從小個性就很野，喜歡倘佯在大自然之中，浸聞花草、泥土的芳香，尤其喜歡赤足走在柔軟的田埂上，一路上有蟲鳴鳥叫聲，好像是一首快樂的交響曲，置身於那遍綠油油的稻海中，但聞著一波又一波的稻浪，隨風拂來襲我以稻香，那感覺很春天。

在黎明或夕陽西下的時分，跟隨大姐藉著一點微光，飛躍在水車上，一步一步用盡吃奶的力氣，用力踏著水車，恨不得把水溝裡的水統統都抽送到稻中，爸爸說：「把這些小稻子養大，就有錢讓你們讀書。」所以我一定要把它做好。

在弟弟還沒有出生以前，媽媽總是怨歎沒有兒子的遺憾，心想：「媽媽真是看扁了女兒，這些工作我們姐妹還不是做得好好的。」這時候，我很得意自己擁有一雙大腳，可以比別人更有力量，不管工作、玩，都跑在前端；尤其每次踢球，都不曾輸給男生，誰敢說我是個軟腳蝦。

還不到作夢的年齡就先愛幻想，對於海情有獨鍾，赤足走在柔軟的沙灘上，感覺像踏著雲彩一般的夢幻，展開雙手就讓我這樣乘著風向前走吧！追逐著海浪、隨著那潮來潮去是件很好玩的事情，也喜歡在海灘上堆造沙堡，把夢想和愛建成堡壘是很有趣的事，可惜不堪海浪沖刷一切又歸於零。對於海的情感很矛盾，既感恩它的資源餵養我們，而它的喜怒無常確是令人卻步；儘管如此我還是喜歡多於畏懼。所以每次媽媽叫我送飯，給在牽罟的爸爸和姐姐，我總是一馬當先，拎著便當就跑，因為這是件快樂的差事。

每回看那長長的海岸線，就會有一連串的遐想，那海的對岸是什麼樣的場景，我希望等長大以後，可以搭船去探索對岸那神秘的國度，我想，總有一天一定可以用這雙大腳，走遍我想去的地方。

直到有一天，這雙引以為傲的大腳，卻讓我出醜了。我永遠記得入學那一天，一大早天未亮就被媽媽叫起來，那天媽幫我準備制服（姐的舊衣改製），並拿一條大方巾給我，說是當書包用。喔！終於可以上學啦，我心花怒放的告訴媽媽：「一定會努力讀書。」

之前，每次看著姐姐和表哥、表姐他們一起去上學，心理真是羡慕極了，總希望自己能夠快長大，和姐姐一塊上學去。盼著，盼著這一天終於來臨了，哦！這真是美好的一天，我將上學去，掩不住心中喜悅，我邊走、邊跳、邊歡呼，像一隻出籠的猴子，把大方巾披在肩上，跟著姐姐後頭跑。

一路上姐姐一再叮嚀我，要跟著她別亂跑，尤其在學校要安靜一點別闖禍，我這才乖乖的跟在姐後面，因為害怕她不高興、不肯帶我，就慘啦！這時候，有很多小朋友和我一樣，像飛出鳥籠的麻雀吱吱喳喳，興高采烈地邊走邊玩，看樣子他們有可能會成為我的同學。

到學校，我總算大開眼界，那來自四面八方的人潮好多好多，但大部份的人都穿著整齊，只有少部份人跟我一樣，不是衣服寬大、就是穿木屐或脫鞋或赤腳。我覺得好尷尬哦！頭一次我對這雙引以為傲的大腳，覺得羞愧。這時候聽到老師在叫我：「陳同學下次上課要穿鞋子。」

我羞怯怯的回答：「報告老師我沒有鞋子。」想不到這麼說，竟然引起全班的同學哄堂大笑。

老師：「那麼請媽媽幫你買。」

我很清楚，以家庭的情況，能夠讓我讀書已經很不容易，哪敢要求太多。所以每次我都躲著老師，還好我人長得高，無論我排隊的位子，或是座位都排在最後，這樣一來，老師比較不會注意我的腳。

令人傷腦筋的是，每次考完試領獎的時候必須上台，那時候真希望自己有一套孫悟空七十二變的本能，能夠變出一雙鞋子出來，解決我的難題，還好老師很仁慈，每次都有意、無意的假裝沒看到，故意把眼睛瞄到別處去，而我，正好乘此機一領完獎，便一溜煙的衝下來。

直到上二年級的時候，媽媽才幫我買一雙大號的鞋子，必須塞滿碎布才能穿，平常我都是拎著它上學，到學校才把它穿上，不管同學再怎麼對我指指點點，都不理他，因為這是我生平第一雙鞋子，應該好好愛惜。那時候的我，覺得鞋子比腳可貴多了。

小四那年我得了罕見疾病「進行性肌肉萎縮症」。這雙腳丫不得不提前退休。不能用腳行動的我，從此用心行動來追尋夢想。

傳承

我永遠記得那天放學回家的情形，一進門便發現阿嬤那張滄桑的容顏，前所未有的笑得那麼開心、那麼燦爛。

但見她，忽然朝天膜拜、忽然向著祖先牌位唸唸有詞地不斷說著：「我們陳家有後啦！香火有人傳承啦！多虧神明、祖先有靈，多謝，多謝。」看到這樣的情形，我以為阿嬤中邪，正擔心著忽然轉身對我說：「阿美恁阿母在醫院生小弟，恁阿爸在照顧她，現在阿嬤要帶飯去給他們，今天不用去取井水，只要照顧妹妹、等么妹睡醒幫她洗澡、餵飯就可以了。」

「來，你看，」阿嬤指著桌上那碗香噴噴的麻油雞，忽然小聲的說：「幫你留一碗麻油雞喔，等晚一點再吃。」我知道阿嬤疼愛我，每回有什麼好吃的都會留給我，實在令人感恩。

感謝阿嬤對我的疼愛，但是那一碗麻油雞、我還是和妹妹們共同分享，那一餐，我們四個姐妹你一口、我一口，吃得津津有味、很開心，連剛剛在學說話的么妹也連連說香，很快就把它吃個精光，那是我們姐妹最豐盛、最美味的一餐，想不到媽媽生個弟弟，我們姐妹也沾了光。

這是有史以來我們姐妹過得最奢侈的月份，即使連過年也沒這麼豐盛過，想不到因為有了弟弟的關係，竟可以過得這麼奢華天天有肉吃。

滿月那天，爸媽的親戚朋友送來好多東西，有金子手飾、衣服、被子、雞、豬肉等等。琳瑯滿目讓我看傻了眼，有這麼多人愛弟弟，難怪媽媽拼了老命也要生個兒子。如今媽媽終於如願以償，看爸媽、阿嬤那麼開心，我們姐妹也跟著開心。

想到每次那些大姨、小嬸在誇耀她們的兒子是如何聰明時，媽媽總是既羨慕又感慨沒能生個兒子的遺憾。看母親難過，我也不好過，覺得身為女兒沒能使母親高興是一種遺憾，只是不明白自己哪裡犯錯。我很想對媽說：「女兒也不差呀，男生能做的我們姐妹還不是照樣做，無論是田裡的收割、插秧、踏水車等。或菜園子種花生、地瓜那一項沒做！姐還不是一擔子扛起，哪裡會輸給男孩。若說讀書嘛！那更不用說了，我們那些鄰居，阿姨、叔伯舅舅的兒子們，哪個成績能夠勝過我呢？我不明白女兒有哪裡不好。媽媽您可知道古今中外能力強的女人大有人在，舉個例子，如古代的武則天，她的智慧權謀使唐代改朝換代，而現代的英國首相佘契爾夫人，她的魄力與智慧權謀，使外國對她俯首稱臣。這有哪一點輸給男人呢！媽請相信女人、相信自己我們的能力一點也不差。」

滿月那天一大早，爸和阿嬤就忙得不可開交；殺雞的殺雞、買菜的買菜，煮著一鍋又一鍋的麻油雞紅蛋，炒了一盤又一盤的油飯好豐盛喔！這些都是要請那些親友們。

這時候的母親，抱著剛滿月的弟弟，出來向親友們道謝，我從沒有看過媽媽那麼開心過；神氣得像一個驕傲的女王，原來兒子對於母親不僅僅是傳承而已，也是一種驕傲，尤其是當算命先生對她說，弟弟將來會是個大富大貴之人，她高興得好像真有這回事似的。不管是不是真的有這一會事，我們都感謝老天，賜給我家一個弟弟，讓阿嬤、爸媽這麼高興，讓我家幸福美滿。

而我家的幸福應該從弟弟結婚生子，拿到博士學位開始。記得那時候姐妹們為了家計，不惜犧牲學業，出外工作來貼補家用。所以把讀書的任務寄託在弟弟的身上。如今弟弟學成、也成家了，總算沒有辜負大家的期望。眼看著小侄子淘氣可愛的模樣，媽含飴弄孫樂在幸福之中，我知道她這一生再也不會有遺憾了。只是不知為什麼身為女孩的我，卻仍有著淡淡的失落感。

這世界有兩種人，男人和女人；不明白為什麼女人要活著那麼卑微，是無能，還是順命，甘於傳統的束縛。想到阿嬤和母親她們那年代的女人，一輩子任勞任怨活在傳統的桎梏裡，不由然的有股莫名的悲哀和感慨，心中思忖一定要更努力才行，不管將來的世代如何，都要為自己努力爭取一片天，決不會接受傳統的制約，畢竟人生是自己要過，我有權選擇想要的人生。

共同的夢想

記得那是六〇年代的時候，我們的村子可說是守望相助做得相當良好的村里，從小就被教育要敦親睦鄰，見到村子裡的長輩，不分親疏都要問安。所以「夜不閉戶，路不拾遺」可是村民多年來所努力的成果。

有一天顯得特別怪異，天色還烏漆漆的，未聽雞啼就被一陣淒厲的豬嚎聲吵醒。心中暗自驚訝，誰有那麼大的膽子，敢來我們村子偷竊，雖然不是什麼龍潭虎穴，但是，只要有人膽敢進來做壞事，是走不出去的。

已經好久沒有遭小偷，自從上次有一個外地來的流浪者，糊里糊塗跑進去人家雞場裡，搞得雞飛狗跳，當場被抓，那偷雞摸狗的傢伙不但被海扁一頓，還送交派出所。從此就再也沒有人敢來我們村子裡撒野，如今竟然有人異想天開，還想偷豬，真是不要命的傢伙，豬可是養家活口的保命錢，若被捉到鐵定會被打得屁滾尿流。心中不禁嘀咕著，也許這一切是我的夢幻，怎會有小偷呢？太睏了，翻個身又睡著了。

沒多久媽媽又把我叫醒，說：「太陽晒到屁股啦快起來吃早餐，吃完早餐先去賒一些米回來，再去弄一些材火回來生火。」今天是什麼日子啊，一大早就要我去賒米、撿木材，每次都賒帳，老闆娘還好，可是老闆已經不太願意讓我們賒欠了，您知道嗎？很尷尬也！媽又說話：「你跟老闆說，年底會跟他算清楚。」我寧願去海邊撿漂流木，心中不悅又嘀咕起來，媽媽接著說；「今天我們賣掉那兩頭大豬，等一下你老爸會帶一些豬油、豬血回來。」媽媽的話還沒有講完，我就衝向豬圈、看那二頭大豬。果然豬圈裡空空如也，哪裡有豬的影子。現在才明白，早上那淒厲的豬叫聲，原來是我家那兩隻寶貝豬。

提起這兩隻寶貝豬來到我家可費一番折騰，記得有一天傍晚叔公來找阿爸，「成仔，你不是要買小豬嗎，明天一大早就過來帶」，第二天阿爸如約去叔公家，誰知卻垂頭喪氣的空手回來，阿爸說：「阿嬸說不能賒欠，要賣現金。」阿嬤聽得很生氣罵嬸婆忘恩負義，當初他們家房屋倒塌，沒錢可蓋，是你阿公向別人借給他們，錢也是你阿公幫他們還。現在船過水無痕，真是沒良心的東西。阿嬤邊罵邊感嘆的說：「你阿公這世人重情重義，尤其是對他的兄弟更愛護，如果不是這樣他也不會那麼早死，總講救蟲，不可救人，一點都不錯，這是現實的社會。說著阿嬤又感慨起來，也難怪阿嬤感慨，如果不是阿公去世得早，她也不用受那麼多苦。第二天叔公一大早就扛著二頭小隻的豬來給我們，說這個家由我做主，有什麼儘管來找我。爸見叔公這樣很感謝，心中還在猶豫錢的事，叔公說：「錢的事以後再說。」阿嬤感謝的說，還是小叔有情有義。

所以為了這個家我要更盡心盡力。因此我幫忙餵養小豬，跟小豬玩。人都說豬笨，可是，每次把地瓜簽、地瓜葉丟給它們吃的時候，都會向我點一點頭，好像在對我說謝謝，不管有心的還是無意，都覺得它們很聰明。

去海灘撿拾漂流木，比在家礤地瓜簽有趣多了；有一種尋寶的感覺，雖然不一定找到什麼寶貝，但，對於每一次的新發現，都是一種喜悅，想偷懶一下的時候也可以放風箏，或則挖城堡，這是我喜歡撿拾漂流木的原因。不過也會有不想做「婢女」的時候，媽媽就安撫我說：「等豬養大可以賣錢，你們姐妹的學費就沒問題，剩下來的可以跟會，有足夠的錢我們就可以蓋新房子，你不是想要擁有一間自己的房間嗎？」

聽媽這麼說心中就充滿著願景，我家的確須要蓋新房子，人多厝窄，姐妹齊集睡在一張床上，每次想翻個身不是碰到臉，就是踢到腳，或被踢。冬天還好，可以互相取暖，一到夏天就慘啦，又熱又悶實在很難熬。尤其是下雨的時候，屋子到處漏水，濕答答的一不小心便摔得四腳朝天。面對七零八落的房子，媽媽整天愁眉不展，我們卻覺得很好玩，當下我率領姐妹們拿出鍋碗瓢盆，接住每滴即將滴下來的雨滴，這時候整個屋子就好像一首另類的交響樂叮叮咚咚好有趣哦。

不過最傷腦筋的事還在後頭，每次颱風來襲，不管它是半夜、還是白天登陸，我們一家大小就得準備跑去前面大瓦屋的伯父家借住，那是我最不喜歡的事。阿嬤卻說：「大伯父的房子比別人造得堅固。」儘管我家沒有大伯父家來得堅固安全，我仍然喜歡自己的家。我對阿嬤說，不喜歡去打擾大伯父，阿嬤似乎很訝異，問我「你不是常跟他們阿瑕在一起作功課嗎？」

我回答阿嬤，「那不一樣，老師教我們每位小老師要負責把自己帶的學生給教會，所以她請我幫忙，當然義不容辭，教她做作功課囉。」

「還是大伯父伯母他們對你不好！」

「不，他們對我很好，堂哥、堂嫂也不錯，」我回答，「只是我討厭住在別人家，很拗不習慣。」

不管我再怎麼強調，阿嬤還是有理說不清。不明白平常一向明理的阿嬤，一旦遇到她認為的「安全問題」就不講理了。堅持到後來，我還是拗不過阿嬤的親情，只好乖乖聽話跟她去囉。

人生有夢是件美好的事，全家懷抱著共同的夢想更是一件很好玩的事，為了有一間堅固的房子，可以遮風蔽雨，不用每逢颱風就跑去別人家住。每天餵食陪著小豬玩、小豬唱歌眼看它的成長，更是一件很有趣，有成就感的事。等更多的小豬養成大豬的時候，離夢想實現的距離就越來越接近啦。今天看老媽眉飛色舞的神情，可見我們的夢想很快就會實現。「喔！糟糕，老媽又在叫，你怎麼還杵在那兒，還不快點去弄些材火回來，等一下您爸就回來啦！」看來我得趕緊出門，要不然老媽可能會生氣。一直以來這些工作都是我在負責，到海邊撿漂流木、樹林裡撿枯木，或買什物，凡是跑腿的工作都找我，唉！誠然像個婢女。

姐弟妹們圍繞著爸爸帶回來那一大桶豬油、豬血，很興奮，每個人心中充滿期待，以為今天可以大快朵頤，我卻不想抱著任何想像，因為我太了解媽媽了，等她煮好了，她會把這一鍋鍋香噴噴的豬血湯，或一盤盤的豬油渣，拿去與人分享，孔子說：「有酒肉先生饌。」老媽卻做得更徹底，先給左鄰右舍分享。

她的邏輯是獨樂樂不如眾樂樂。有東西跟人家分享也是一件幸福的事。阿美，這一大碗拿給隔壁的阿姨，他們家人多。這一碗給左鄰的舅媽，還有一碗給大伯父他們。等所有的左鄰右舍都分配好，留下來的已所剩無幾了。當時少不更事的我總覺得媽媽愛別人比愛我們姐弟妹更多，卻忽略了能夠與人分享也是一種幸福。後來阿嬤幫忙鄰村喪禮回來，帶著一些菜尾，正好補足了吃不了豬血湯的遺憾。那時候才了解媽媽所說的很有道理。

這是，我們這個地方一直以來的傳統文化，無論喪事、喜事不分親疏，不但有喜餅連筵席剩菜都有給予。所以小小的豬油渣、豬血湯又算什麼呢！

等到我們圓了夢，有了新房子，姐妹們也有自己的床，不再擁擠的睡在一起，不再因為下雨，整個屋子就溼答答的，也不怕颱風來襲；如今房子變新了以後、環境也新了，只是鄰居不一樣、人情也變得疏離，再也找不到老家那份溫馨的鄉土情懷，而我的童年也就此結束，惡夢卻從此開始。

在收割完的晚上爸說：「今年雖然豐收，還給農會的貸款和輾米廠剛好，只是一年兩期的稻穀會眼看就要到了，卻沒辦法繳付，而我們自己要吃的也不知道去哪裡拿，看來還得跟人家借。」

媽說：「那我去向二哥借好啦！另外阿秀的老師今天又來訪，勸阿秀上學，老師回去以後她才出現，說什麼也不肯去讀書，我想就讓她出工作好啦也可以貼補家用。」聽到媽這些話才知道大妹欺騙我，原來這些日子都在逃學，我一聽氣急敗壞的跑去問她：「妳的成績一向很好為什麼逃學？你最好給我一個充分的理由，要不！看我怎麼修理你。」她怯怯的說：「每次沒錢繳學費，都被老師叫起來罰站，很難堪。書我不要讀了，我要賺錢。」我聽得很心酸，「妳還這麼小，才五年級生而已，賺什麼錢。」

後來她還是真的去工作，頭一次我痛恨貧窮、也深覺貧窮的無奈。想不到圓了房子的夢，卻失去更多，原來人生沒有十全十美，現在才了解，有得必有失這個道理，這就是人生。

阿嬤與我（一）

一大早阿嬤就坐在她那古董梳妝檯前，對著灰濛濛的鏡子梳起一個油亮亮的髮髻，好久沒有看到阿嬤這樣慎重其事的打扮，一遍又一遍的梳頭，今天的阿嬤似乎有點特別，很少仔細看阿嬤的頭髮，白灰灰的長髮像銀色的月光，這才發現原來歲月已經在阿嬤的身上留下太多的滄桑。每逢阿公的祭日，阿嬤那天就很慎重其事的打扮一番，再吩咐阿爸去買一瓶米酒頭，說阿公只要有那種酒就很高興了，你阿公生平好打抱不平，自己沒錢卻疏財仗義，只要認為該作的事，他就義不容辭，即使如此阿嬤也無怨言，因為阿公是她心目中獨一無二的英雄男子。

記得帶病上學那段日子，常摔得痛入心扉、面對著這樣的病令人萬念俱灰，曾經也有自殺的念頭。阿嬤卻要我像阿公一樣勇敢，遇到任何挫折都不能退縮。對於這位從未見面的阿公非常敬仰，我不能讓他失望，要振作才行。

多虧阿嬤一路扶持，四五年級的功課比較繁重，必須上一整天的課，為了上早自習往往來不及吃早餐，就匆匆上學，「阿美啊天未光，狗未吠，那麼早你去學校幹什麼？」媽和阿嬤又在叫我。每當阿嬤發現我沒吃早餐、又沒帶便當就上學！不管她工作有多忙，都會放下手中的工作，風雨無阻的幫我送飯過來。儘管四、五公里的路程雖說不太遠，不過步行起來卻是很累人，有時候阿嬤比較晚來，我已走到半路，祖孫倆找棵樹席地而坐，便用起餐來，阿嬤說：「就當我們在野餐吧！」我邊吃邊點頭。是的，這是別有一番風味的愛心餐。「雖然只是一條菜圃，少許的豆豉，配上一盒地瓜多於稀飯的便當。」如今回想起來仍然津津有味。如果我沒有生下這場病，我會跟阿嬤說：「謝謝您老人家這樣疼惜我，等我長大以後一定會賺錢孝順您。」但是，如今的我已經生病，再也沒有那份信心，去作這樣的承諾，我不知道能不能夠長大，還有沒有未來；只能心懷感恩，默默的品嘗這份慈祥的恩惠。

冬季對我來說是個可怕的季節，尤其是每當寒流來襲的夜晚，那冷颼颼的北風，好像長了一對銳利的雙眼無孔不入，從老舊的屋瓦、窗戶、門逢四面八方而來，鑽入我這件又舊又笨重的棉被裡，整夜裡好像跟它作戰，若要蓋到腳，就顧不了身，索性坐起來面對著寒夜，當我正視這身病弱，不知道還能夠撐多久，整夜裡聽著北風怒吼，身體冷、心更冷，天啊，我不禁的吶喊，這是黎明前的黑暗嗎？我的曙光何時來臨？

冷，讓我血液好像快要靜止一般，行動變得更遲鈍、沉重得使不上力來，這時候我深切的體會什麼是舉步維艱，摔倒的次數就更多了，阿嬤看我這樣好心疼，幫我準備一盆熊熊的火爐，好讓我取暖，雖然沒能改變什麼，但是阿嬤的愛讓感到很窩心。

從小我就愛跟著阿嬤，常被誤以為是阿嬤的小女兒，可能是這樣的緣故，我跟阿嬤的關係好像比父母還要親，每次遇到困難對阿嬤講，必能得到她老人家的支持，也只有她鼓勵我要用功讀書，阿嬤說女孩一樣可以讀大學成為社會上有用的人，這點我覺得阿嬤的思想比媽媽還先進明理，所以每次拿高分回家最高興的人，也只有阿嬤，因此我跟阿嬤無所不談，她成了我最佳的知音。

說來阿嬤也是個堅強的女人，阿公很早就過世了，留下未成年的爸爸與年幼的姑姑，她從未怨天尤人，一個人獨立負起扶養的責任，一直到幫爸爸娶了媽媽成家立業為止，她才放手讓爸爸當家。

每次我在傷心的時候她總是對我說：「世間沒有過不去的事，堅強一點、咬一咬牙就沒事啦。你看我，你阿公可是我的天，他過世了，就好比天塌下來一樣，讓我無法忍受，可是阿公臨終時交代，要我好好扶養孩子長大成人。那時候我也很苦，可是忍一忍，咬一咬牙就過去了。」阿嬤嘆口氣又說，命運天註定，我想老天要我們這樣受著一定有祂的理由吧！我對阿嬤說：「老天一定是個很混蛋的傢伙才會讓人這樣受苦受難。」

阿嬤知道我對休學的事一直耿耿於懷，安慰我說：「人生有許多路可以選擇，讀書不一定在學校才可以學，生活就是一所大學。」從此，阿嬤和媽媽變成我的生活導師，有一次看阿嬤忙著為新嫁娘的傳統服飾刺繡，我一邊幫她穿針、一邊看那些絲線所編織出來的圖案，覺得很亮麗，一時興起，也拿起針線跟著繡起來，想不到後來卻成為阿嬤的得力助手；接著又對編織有興趣，買來書籍依樣畫葫蘆起來，一件織成、又一件，後來突發起想把編織和刺繡搭配在一起，想不到一件原本樸素的衣服，經過一點改造，竟變得亮麗起來，我想人生也該是這樣，多一點點綴，生活也會變得光亮起來。

生病以來像一隻離群的孤雁，讀書的機會沒了，同學、朋友遠離，生活都變調了但覺得前途茫茫。不過我沒有忘記阿嬤對所我說的話，要像石縫中的小草一般，環境愈是艱辛愈要堅強。黑暗過去就是黎明，只要堅持下去，就會看到那道曙光；所以不管環境有多坎坷我依然堅持。

原以為沒有治療的情況下，生命是不可能活得太久，誰知道人算不如天算，隨著一年一年的過去了，生命仍然活下來，病情卻一步步的走下坡，然而這樣的生命又有何意義呢！阿嬤卻說：「每一條生命都有活著價值，這是老天爺的意思。」不知道老天給我的使命是什麼呢？剎那間才發現原來自己活得多麼荒謬、無奈。面對著這樣的人生，所能做的是以著更沉隱更堅定的意志來承擔，畢竟這點堅持也是我僅有的生存意義。

成長對每個人來說，是一件喜悅的事，享受青春的喜悅、追求夢想的人生，再談一場轟轟烈烈的愛情，應該是很浪漫、好玩的事，沒想到我的成長卻是背負著一身的滄桑。

每個人都有這樣的心理，如果越來越好，你會覺得很有成就感，如果所得的情況是每況愈下便會洩氣，有哪一個人不會灰心！我的病好像走向無底的黑暗世界，此刻好希望有一盞明亮的燈火給我一點溫暖一點光。

十七歲那年，開始了攀爬人生；身體的力量逐漸消失，迫於無奈只好蹲下來行動，爸為我做一張小椅子讓我使用；原來蹲下來所感受的人生不一樣，會變得很自悲，以前看過蹲在地上爬行的乞丐，覺得很可憐，想不到如今的我，卻以此渡過漫長的歲月，唉！人生無常，為了改變這樣的情形，我要轉換心情，使自己變得更有自信，更堅強。我用還能夠動的手開始學習各種手工，如針織、刺繡、中國結等，書法後來才學習電腦。

天下無不散的宴席，眼看著同學升學的升學，就業的就業；大家各奔前程，而我卻仍然在原地踏步，心中有多少羨慕、就有多少失落；好希望自己也能夠如鵬鳥一樣飛得又高又遠去開創前程，胡適先生說得對：「要想怎麼收穫，先怎麼栽。」夢不是用想的，是自己創造，也許我該去尋求生命的出口。

原來我必須做個生命的鬥士，挑戰我的人生與生命拔河，如今像過河的卒子，只能前進不能退縮。我提醒自己不管所背負著十字架有多重，前面的路還有多遠、多崎嶇，還是繼續前進吧！我已學會了不再流淚，因為，不想再用淚眼來看人生。

阿嬤與我（二）

每天這個時候阿嬤都會來到我的房裡，把我已經紮好的辮子拆開，再重新綁好。邊梳理邊對我說你的五官清秀，髮質很細、很柔軟，應該會好命才對。說著！說著！就嘆口氣唉！美人無美命。我心想，長像、頭髮跟命運怎麼會有關係呢？但不敢詢問阿嬤，畢竟她也是居於關心。如今我卻很想阿嬤再對我說那樣的話，再來幫我梳頭。可是這幾天阿嬤怎麼都不見呢？他們怎麼可以說她已經走了呢？阿嬤只是去姑姑家住幾天而已，她老人家的身體一向很健朗，除了偶爾會有手腳酸痛的毛病外，她比誰都健康。我不相信她怎麼捨得放下我呢？可是，天啊！這是真的嗎？這幾天家裡忽然來了很多親戚，有些認識、有些不認識都聚集一堂，還有那些吵死人的「師公法事」我真想衝出去把他們趕走，但卻是一點力氣也沒有。

「阿美仔，你怎麼瘦成這樣，你阿嬤在天之靈看到你這樣會難過的。」原來是三伯母，她和阿嬤的情感一向很好，怎麼連三伯母也這麼說。我回頭對三伯母說：「阿嬤不會丟下我。」唉！你怎麼不面對現實呢！這樣會讓你阿嬤走得不安心。乖，聽三伯母的話，她邊幫我梳理長髮邊嘆氣說，等一下把這碗稀飯吃下去，聽說你這幾天都沒吃東西，你阿嬤會難過的，好好的女孩怎麼病成這個樣子。看三伯母為我難過、我想她是不會騙我的，看來阿嬤真的走了。我不再堅持了，更不想在她的面前哭，把三伯母手中那碗稀飯接過來默默的吞下去，因為我希望在天堂上的阿嬤別為我難過。

一直到阿嬤百日，我才能面對她老人家真的走了的事實。對我而言阿嬤根本沒走，她仍然活著，每當看著阿嬤睡過的這張八腳眠床，就會想起阿嬤的總總，這兒有過阿公和她的酸甜苦辣的歲月，有過她扶持爸爸姑姑一路辛苦走來的歲月；以及有過我小時候在阿嬤身旁聽她說故事的美好時光。每次遇到挫折的時候阿嬤總是對我提起阿公是如何的勇敢與堅強，其實看得出來我這位從未見面的阿公，是阿嬤的天。

阿嬤常對我說起忠孝節義的故事，她說忠孝仁義是做事、做人的根本精神，你阿公這世人，所懷抱的就是這樣的精神。

每次我跟人家打架回來，阿嬤不會罵我或打我，總是對我說起這類的故事，不過說得最多的仍是阿公的英雄事跡。說阿公如何的疏財仗義，為了朋友兩肋插刀在所不辭。對朋友如此，對自己的兄弟更是盡情盡義。

在日據時代，日本人把我們所種的米糧都拿回去日本，卻以配給的方式，按人口分給我們，你二伯公家人口多，所以偷偷藏幾包起來，卻被日本警察抓到，把二伯公捉拿，這事讓你阿公知道，他竟然跑去替他二哥頂罪，對日本警察說，米是他偷藏起來的跟他二哥無關。我去帶他回家的時候，他被打得遍體鱗傷，差點就認不出來。我問他為什麼那麼去替二哥頂罪，你阿公竟然跟我說，二哥那付身子單薄，怎受得了日本警察的毒打。你阿公就是這樣的人，為朋友、為兄弟即使犧牲自己他也願意，阿嬤說著眼眶又紅起來了。

在阿嬤的心理阿公是獨一無二的英雄男子。這時候我才了解我有一個俠義的阿公，也有一個多情的阿嬤。因為阿公給她的其實只是一份情義、和一堆的債務，還有兩個兒女。光復前一年阿公美國飛機為了趕走日本人，常常轟炸台灣阿公就在那時候過世。

阿嬤是個堅強的女人，阿公走了以後，她獨立扶養爸爸和姑姑，卻從無怨言。她說，儘管跟你阿公做沒幾年的夫妻，但已經足夠她懷念一生。

阿嬤說她最大的遺憾就是不識字，所以常鼓勵我要努力讀書，每次拿好成績回來，最高興的只有阿嬤，即使如此，為了阿嬤我仍然要再接再厲。

生病這些年阿嬤一路扶持，每回失意的時候，她總是安慰我說，一枝草、一點露，只要肯努力，沒有過不去的難關。她要我活得勇敢一點，這些年來我跌跌撞撞終於活過來，可是阿嬤呢？如今天上人間，唯一值得安慰的是她終於可以和阿公在一起了，阿嬤您老人家放心的走吧！

後來我把長髮剪掉，重新面對未來，我知道在沒有阿嬤的日子，我會過得更辛苦，然而我不會讓阿嬤擔心的，我會勇敢的活下去。

初次與教會的接觸

在這偏僻的小漁村，百年的古廟是村民的信仰中心，直到某一天由教會所承辦的托兒所之後，全村的孩子受到照顧，且收費不多，一個月每位孩子只要交十幾塊的點心費，就可以受教。

我家位於五結的小漁村，這偏僻的村落，住有一百多戶人家。村里有百年的古廟，是村民的信仰中心，平常有什麼大小事情，村民都來求神問卜祈求平安。不過，某一天村裡來了一批神職人員之後，古廟又發揮它的功用，搖身一變成為兒童教學習字的托兒所，是由天主教會所承辦，是給孩子一啟蒙的機會，收費不多，只收點心費就可以受教。即使如此沒辦法讓小孩去讀書的家庭，仍然大有人在，就像我家一樣，我們姐妹們只有望「讀」興嘆。

有一天平常乖巧的弟弟竟搞失蹤，該回家吃飯的時間竟遲遲未歸，害母親又驚怕、又傷心，以為弟弟會碰上人口販子，急著像熱鍋上的螞蟻，一會兒燒香膜拜，一會兒催促著大家出去尋找，也難怪母親如此著急，我弟弟可是她拚了老命才得來的唯一兒子。

正當全家總動員要出去找的時候，弟弟竟然帶一個金髮碧眼的外國人回來，我們都很驚訝，媽媽正要責罵弟弟，那外國人卻用那種怪腔怪調的國語對著媽媽說：「太太，你的孩子很喜歡讀書，這幾天我發現他都站在學堂門外看小朋友在上課，我知道你家有困難，所以我今天專程來告訴你們讓這孩子來讀書吧！不用付錢。」媽媽一頭霧水，因為聽不懂國語，我代為翻譯，媽媽一聽到弟弟可以免費讀書很高興，卻仍半信半疑，我跟媽媽說那外國人是個神父他不會騙人；在我們村子裡救濟貧窮放賑牛奶、跟麵粉的是他的天主教會。媽媽一聽說他是天主教會的神父馬上答應。（這是我第一次所接觸的天主教）

從那時候開始，弟弟每天都高高興興的上學去，乖巧的弟弟每次回來都把他所分得的餅乾和糖果拿回家和大他一歲的么妹分享，後來么妹也吵說要跟弟弟去上學，父母無奈叫我教她，么妹不依說：「在哪兒讀書有點心，在家裡又沒有。」媽安慰妹說，我可以每天都作點心給你吃。

從那時候開始只要做功課，媽媽都為我們準備點心，儘管只是地瓜湯，卻覺得很美味，後來弟妹以及和我們住在一起的表弟妹，帶來了他們的同學也都喜歡來家裡作功課。此時我把自己化身為隱形的牧羊人，只有在他們須要的時候才出現，讓他們自動自發、無拘無束的讀書、寫字，做功課、或玩在一起。不知情的人還以為我家在開補習班呢！

我很高興在這段青澀歲月，能夠陪他們一段，和他們一起哭、一起笑、一起成長，再幫他們加一點油、給一點愛。如今他們升學的升學，就業的就業各奔前程。仍然記得偶爾回來看我這個姐姐。在此我將默默的為他們祝禱前程錦繡。

人生的際遇變化無常，誰知道二十年後，因緣聚會在一次偶然的機會裡，我又和天主教結緣認識了謝樂廷神父，之後我成為一個基督徒，也開啟了我的人生新的道路。

第一次讓我對天主教感動的是祈禱的儀式，在一次偶然的機會裡和神父一起用餐，餐前，他帶領著在座的朋友們一起祈禱感恩，雖然只是小小的動作，對於一個來自篤信民間信仰的家庭的我而言，卻為我帶來多麼大的震撼。儘管只是小小的謝天儀式，卻讓我覺得意義非凡很感動。為什麼過去都沒有這樣做呢？我開始反省著。

記得每次看媽媽汗流浹背的為我們作飯，炒了一盤又一盤香噴噴的拿手菜，而我們這些小孩所給予的她的回報卻只是把它吃個盤底朝天，或頂多說句「很好吃」而已，便吝於多說些什麼。媽媽卻毫無怨言，仍然很高興的為我們燒飯煮菜。如果人生可以重來，我一定會懷著感恩的心情對著媽媽說謝意。如今母親已與世長辭，「真所謂樹欲靜而風不止，子欲養而親不待。」往事已亦後悔莫及。

生命的成長過程中，得到許多人的扶植，與幫助，如父母養育之恩，手足、親友們相互的提攜之情，還有天地萬物的主宰之神，都在輔助我的成長，所要感謝的人、事、物很多。除了父母的生養，在我這半生歲月的生涯中，得到許多人的幫助，年少時因為生病，得到蔣經國總統的幫助，在就醫的過程中，那些救國團的輔導員大姐、大哥們一路相挺，為了幫我就醫來來回回奔走於醫院，那麼盡心盡力的協助。長大後，兄弟姐妹，朋友們的相扶植，尤其是認識謝樂廷神父，可說是我人生的轉捩點，從他身上我看到了人生的「真善美」才學會對生命的尊重與珍惜。住安養院以後，又受到院長柏修士的禮遇、李智神父的引導信仰，還有那些護士、及看護很盡心的看護著我，讓我忘卻離家的憂傷。

記得學習電腦那段歲月，謝神父風雨無阻的接送，吳念真大哥的相贈電腦，林老師的傾囊相授，讓我學會電腦。而認識陳仁勇醫師是我寫作生涯的一大轉捩，這一路來若沒有他的鼓勵與指導，我大概寫不成書。有他這樣的良師、益友，人生還有什麼可求的呢！

當我沒能一一答謝的時候只有心存感恩。可惜我很少去想，也許是自己太自以為是，總認為成長是件理所當然的事，因此看到神父的感恩儀式，如醒醐灌頂一切明白過來。

感謝神父不僅讓我明白謝天的意義，懂得感恩，也學會了對生命的尊重。現在我開始了解即使一件小小的道理，也涵概了多麼深遠的哲理。因此讓我明白生命因為善美而變得更美麗。原來而有愛的人生，才會溫馨可愛，如今愛有多少在我心中，美麗、良善就有多少跟隨。

回首向來蕭瑟處

少年情懷總是詩，原本以為我和一般小孩一樣，可以和同學們一起讀書、遊戲、一起成長，度過一個無憂無慮的童年，誰知道命運多舛，在我讀小四下學期那年，病魔的惡爪已經悄然向我襲擊而來。

記得弟妹生病的時候，每次媽媽總是為他們準備一顆糖果哄他們吃下，那時候覺得能夠吃一顆糖果，即使生病也是一種幸福。可是當自己生病，媽媽也一樣為我準備一顆糖，只是當我面對那碗黑黝黝的藥水，卻一點也沒有幸福的感覺。那時候才明白原來生病是件很不幸的事，不是一顆糖果就能夠抵得了，現在想一想當時的我真的很幼稚。

每次家裡遇到困難的事時，阿嬤總是說：「天有不測風雲，人有旦夕禍福，人生無常，凡事想開一點就沒事了。」當時不明白她的意思，等到禍臨在身，才知道它的厲害。

小四下學期那年，本以為發育成長是很正常的事，誰知我的成長是一種不協調的變調。記得那是秋天的早晨，微涼，一大早起來梳洗，準備打掃再去上學，誰知道剛要下床，腳步變軟就倒下去，好在休息一下就沒事，所以也沒有放在心上繼續打掃，把媽媽交代的工作做完；準備好上學，誰知道又跌了一跤，真是倒楣透了。

剛開始以為營養不良才會動不動就摔跤，隨著時日，次數卻愈來愈多，不是跌得頭破血流，就是四腳朝天，常常引起哄堂大笑，大人們以為我在耍寶，小弟妹卻認為我跟他們玩，我卻哭笑不得；惶惶終日常心不在焉、提不起勁來上課，也沒精神玩，腦中一遍空白。這個異常不僅帶給我、及我的家人震撼，也是我生命中的大地震。

有一次放學回家剛到門口聽到舅媽對媽提起我，說：「厝姑仔你家阿美好像病了，愈來愈瘦，走路也有氣無力的，有沒有帶給醫生看。」阿嫂，我家的情形您也都看見了，若帶她去看病須要一筆醫藥費，家裡還有這些小的總不能為了她不顧他們。還好她現在也能吃能睡，等以後再說吧。

聽到這些話，心中有股莫名的悲哀襲上心頭，我默默的走出屋外，雨正下著，不知道是淚水還是雨水濕透我的臉，邊哭著邊想著，媽呀，您可知道我有多惶恐，多無助，一個人偷偷地包在被窩裡流淚。我並不怪媽，家徒四壁吃飯都有問題怎敢奢求看醫師呢。只是為什麼仍感到悵然若失。

與生命拔河、向人生挑戰，變成每天全力衝刺的功課，為了怕遲到，天未全亮、就要摸黑動身前往。媽媽、阿嬤總是問我那麼早去學校作什麼？還沒吃早餐呢！我怎能說呢，不提早走會來不及上課。可是怕一說出就會被阻止，有什麼比健康重要呢？在媽媽的傳統觀念裡，女孩子有沒有讀書都一樣可以結婚生子。我實在沒辦法想像，不讀書的人生該怎麼過。

所以不管四周黑漆漆，仍阻止不了我的決心，我已經豁出去了，顧不了墳場是否有鬼、碰到壞人、或野狗會有多危險、或該怎麼辦。有一次著實被兩個盜墓者嚇壞，從墓穴中跳出來，忽左忽右把墓地弄得鬼影幢幢，比鬼還恐怖；我躲在樹後看他們的動態，其中一個拿起冥紙一邊燒一邊念念有詞，說：「對不起啊，借用一下。」原來小偷也有一點良心，等他們走遠我才敢出來繼續前進。

儘管再怎麼堅持我還是錯過一些課程，上體育課的時候，有一次被叫去參加賽跑比賽，起初還跑得好好的，沒想到跑不到一半，腳就軟下來了，任憑我跑得多麼用力，身體好像一只洩了氣的氣球，使不上力來，跑得比走還慢，硬撐到終點整個人就倒下去，耳邊傳來老師以及同學焦急的呼喚，等醒過來人已經在保健室，啊，同學叫著：「老師您看她醒過來啦。」從此老師就不再讓我上體育課。

明知自己體力不濟心中卻仍然嚮往，遠望那些在操場上征戰的同學，此刻球賽正進行的如火如荼，在滿壘之下我班同學打一個高飛界外、剎那間情緒緊張。多麼刺激的時刻啊！這些曾經是我所鍾愛的活動啊，如今再也不能參與，教我情何以堪！心中縱然有千萬個不甘心又能如何！誰教我是那顆被打擊出去的界外球，永遠也回不了場內。

那天的心情格外的沉重，也許這是我最後的一堂課，每次懷著忐忑不安的心情上課，提不起勁，又放不來。面對著講壇上認真執教的老師，很內疚，想對他說；「老師我累了、病了，已管不著長江到底有多長，黃河的水有多壯闊；更無心研究絲路到底要通到哪裡。

您可知道，現在的我連眼前的路都快走不下去啦！哪裡還管得了這些。」有誰能夠了解此刻的心情，苦比「黃蓮」，老師啊！您能夠聽到我心裡的呼求嗎？我病得很嚴重，但是家裡太窮啦！該怎麼辦，誰能救我。原來生病是這麼孤獨的事，即使身旁有這麼多人，我依然覺得無助。

老師又在叮嚀：「各位同學今天這一堂課很重要哦！你們要多加復習，不懂的同學可以來問老師。」這不是自己最喜歡的課嗎？「欲窮千里目，更上一層樓」曾幾何時心中一直期許有朝一日也能如此更進，可是現在連台階都踏不上去，還能夠做什麼呢！我再也不敢妄想，有一天我能夠學習李白的灑脫，擁有陶淵明的豁達、以及李清照、蘇東坡的才華。如今的我，連眼前的路都快走不下去，怎能瀟灑得起來。不明白為什麼會這樣，心中有著千萬個問號，誰來幫我解題。

起風了，天氣要轉涼，仰望著浩瀚的天空，此刻紅霞滿天，天空中雁群飛過，又是遷徙的季節，動物是最敏感的，此刻的我是多麼羨慕那些鳥兒，如果我也有一雙翅膀那該有多好，就不用為了上學那段路程發愁。每天不知道摔倒幾次，我不敢去數身上的傷了，不是怕痛，而是怕洩氣，怕沒有毅力再撐下去。跌坐在空蕩蕩的曠野上，有著幾許的滄桑，拾起一片提早凋零的落葉，將它捧在掌心，卻感受到一股泣血的悸動，莫非它在提示我，早熟的生命也一樣提早凋萎；不知道為什麼頭一次感到一股深沈的悲哀襲上心頭。

以為成長可使未來充滿希望，可以讀書、努力工作、改善環境，再打造一片屬於自己的天空。誰知道一場病下來粉碎了我所有的夢想。

五年級上學期那年，再也使不上力，在沒有人送我上學的情況下，我只好輟學離開學校。那時候的心情很暗淡、彷彿走入人生的黑洞，不知該何去何從；天啊！為什麼這樣對我，為什麼讓我小小年紀就背負著憂傷的行囊，讓我沒來得及感受童年的快樂，就懂得心痛、懂得憂傷。如今才了解原來我的少年夢想不是詩篇，是荊棘遍遍。

貴人與奇蹟

在一個沒有天空的斗室裡，幻想著如何創造自己的天空。我總是天馬行空的期待著，有一天奇蹟出現，可以上醫院就醫、可以遇到救我的華佗，然而這樣的奇蹟會出現嗎？

阿嬤常說天公疼好人，我想，大概我不夠好，所以天公，才漠視我的痛苦；直到後來發生了奇蹟，我才了解原來天公沒有忽視我，祂還是關心我，給予一份恩典。

有人這麼問我：「看你年紀輕輕，又這麼病弱，是哪裡來的勇氣促使你寫信給國家行政首長。」我告訴他們：「我不是一個有膽量的人，然而一旦事到臨頭，就會不顧一切了。我的情況就像落難在孤島上的人一樣，把信放入瓶子是唯一的出路，幸運的話會讓人發現。」雖然這是很渺茫的事，不過盡其在我、任隨天意總是一線希望。

老天憐憫，給了我生機，現在明白原來奇蹟也可以創造，難怪有人說：「聰明的人創造奇蹟，愚昧的人等待奇蹟。」慶幸自己能夠幡然省悟，為時不晚。不過這都要感謝姑丈，有一次他從台北回來探望住在娘家的姑媽和表妹，無意中發現我在地上蹲行，忽然，問我會不會寫信，阿嬤沒好氣的回答說：「伊不但會寫信、還幫鄰居寫信，幫你的兒女補習功課。」

原來姑丈是想建議我寫信給蔣經國先生，他笑著說：「看你的運氣啦，只要行政院長有收到信，一定會幫你。」我不知道這是否只是一句戲言，私底下還真的寫下求助的信函給他，信寄出去以後我就不再去想，繼續過我的日子；沒想到事過半月之後奇蹟發生了，我救援的船隻出現了。

想不到這封求救信函是引導我人生的轉捩點，很感謝行政院長蔣經國先生對我伸出援手，更讓我感謝銘心的是宜蘭救國團徐碧鳳姐姐、沈榮鋒大哥，還有台中市的張銀富大哥，以及台北總團部幾位大哥幫忙，每一次為了我救醫的事，他們總是來來回回奔走於醫院接洽、連絡。等一切就緒再帶我前往，而當我乘興而去敗興而歸的時候，他們不但沒有怨言反而為我打氣、鼓勵我。之後聽到哪裡能治疑難雜症的神醫，我就請求幫助，他們仍然為我一次又一次的奔走於醫院，從他們身上我看到人性的光輝。這也是奠定了，日後我對人生的看法有著比較陽光的理念。

一大早屋簷上的喜雀吱吱喳喳吵個不停，阿嬤、媽喜孜孜的說：「這是好事來臨的徵召，馬上就點燃香膜拜起來。」我不以為然，只不過幾隻小鳥，就能夠變出什麼把戲來，這未免太神奇了。這時阿嬤、媽一口同聲的說：「你嘸通鐵齒」。

那是初夏的午後，陽光璀璨麻雀鳴叫、天氣悶熱得很，我家既沒有冷氣，也沒有電風扇，我和阿嬤、媽媽、堂嫂坐在屋後的樹下乘涼，邊刺繡。偶爾凝望遠處，但見一遍黃澄澄的稻穗，正在陽光的照耀下搖曳生姿，看那粒粒飽滿的稻穗已經接近成熟，看來今年將會是大豐收。

鄉間路上忽然出現兩三輛派頭十足的黑頭仔車，在六〇年代裡的鄉下這是罕有的現象，也只有大官才能開這樣的大車。心中正胡思著，車子已經停在家門前，來了一大票人，除了村長我認識外，其他我都不認識，經過介紹才知道對方的來頭不小，原來是縣長、秘書長、鄉長，以及救國團的輔導員。

可憐的阿嬤、媽媽這輩子大概頭一次見到這樣的大官，平時沉得住的阿嬤也緊張得不知所措，不過很快就恢復過來，一邊吩咐媽媽泡茶請他們到家裡坐，一邊叫堂嫂去找爸爸回來。

當阿嬤還在惴惴不安的時候，他們表明來意，我才知道，原來蔣院長收到信了，那位社工姐姐說：「蔣院長派我們來帶你去就醫，如果你有什麼需求，別客氣儘管告訴我好了，我會盡力幫你。」她留下名片，教我跟她連絡。對這個突如其來的消息讓我當場楞住了，等我回過神來，才明白這一切不是夢，奇蹟真的出現了，上天真的聽到我的呼求啦，喔！好感謝喔。

盼望多少年的心願終於要實現了，我幾乎不敢相信；那晚不敢睡覺，害怕一眨眼，這一切都不見了。然而那些人、那些事，是這麼真實；縣長慈祥的容顏，和顏悅色的對我說：「請你放心，一切我會安排。」那位輔導員徐姐也請我安心的等待，而那位秘書長陳明宗伯父，他要我這樣稱呼縣長和他，那時候的縣長是陳進東先生更是親切的說：「小姪女你是我們的堂親晚輩，我們縣長一定會幫你。」那天對我及我的家人來說，真是個前所未有的奇蹟，阿嬤馬上吩咐媽媽明天買些水果到廟宇拜拜。

接下來的那幾天家裡開始熱鬧起來，親朋好友都來關懷，也難怪會造成轟動，鄉下地方少有大人物來訪，那樣的陣仗，對一向樸實的鄉下來說是一個罕有的奇觀，對我卻是個奇蹟；希望這個奇蹟能夠引領我走向健康的道路。

日子就在我期待中溜走，隔了一星期消息終於傳來，那是個初夏的早晨，陽光和煦，一大早麻雀就不斷的在屋簷叫個不停，彷彿想把春天給叫回來，不由得令人心曠神怡，這是個好預兆，我相信好的開始就是成功的一半。徐姐前來告知已經安排好就醫事項。

果然幾天之後，徐姐送我到鎮上的醫院就醫，她說；「先在羅東博愛醫院診治，如果這裡的醫院不行，到時候會幫你安排到台大醫院就診。」感謝她的周到，不過她好像意識到我的病情不簡單。

媽媽留下來照顧我；那晚坐在醫院的病床上，我充滿虔誠的心情，向上天祈求，解脫我多年的病痛，這個沉重的十字架，背得我好累喔。

晨間的醫院是忙碌的，護士小姐推動藥車穿梭在病房；忙著為每個病人量血壓、測體溫、打針和餵藥，稍後主治醫師也來了，他拿著小鐵鎚在我的關節上這邊鎚鎚、那邊敲敲，吩咐我明天早上要作抽血檢查，晚上十二點以後不能吃東西。我一切聽從他的囑咐。

之後的那些日子，都在大大小小的檢查中度過，眼看醫師他對於病情一會兒點頭，一會兒皺眉頭，害我剛剛點燃的那份信心，也變得暗淡起來。莫非病情很棘手，我不敢再想下去了，但願這一切都是我的錯覺。

等候的心情像波浪起起伏伏，希望從檢查中獲得答案，無奈醫師的回答總是一臉抱歉，好不容易所建立起來的信心也開始動搖起來，實在令人有說不出的無力感。醫師說：「這種疾病很罕見，沒有接觸過這樣的病歷，實在愛莫能助，到大醫院再作進一步的檢查看看。」聽他這麼說我的心開始往下沉，沒想到病情會這麼難搞，該怎麼辦呢！好不容易得來的機會，想不到竟然是這樣的結果。

如今又走回原點，教人情何以堪，心情的落差很大，莫非老天又在作弄我，給了我機會，卻又把希望熄滅，這比原先沒有任何希望、更令人難以接受。

徐姐似乎看出我的心情，安慰說：「你別難過，台北有一流的醫院，可以幫你診治，我們會幫你安排。」聽她這麼說心情稍微放寬些。

第二天徐姐來幫我辦理出院手續，說要送我回家；在等待的時候，忽然聽到有人呼叫：「有人自殺啦」，一時之間人潮湧來，整條走廊被包圍得水泄不通，醫護人員急急忙忙趕著急救，不知道那人的生死如何？一個人會走上這條路，一定有不得已的苦衷，必然也下了很大的決心；此時我的心情很紊亂不知道是為那人難過，還是為自己傷心，不過即使軟弱的我，也不會輕易向命運妥協，我會好好活下，繼續和生命拔河。

一路上，我思潮洶湧，心情忽明忽暗，想到以後的人生不知該何去何從，整個心糾在一起，徐姐看出我的心情，不斷的安慰我，安心等待，她會幫我安排；對這位親切又善良的姐姐，心中除了感激還有更多的抱歉。

人生彷彿一場夢境，想到這個月來所發生的事，好像一場夢，如今夢醒了、一切本該恢復過來，只是平凡的我還能以平常心來看待嗎！為什麼我的心仍然隱約作痛！患得患失奈何？阿嬤卻說：「命裡有時終須有，命裡無時莫強求」。也許該讓自己沉澱下來，調整一下混亂的心情，重新歸零，再重新出發。

大姐出嫁以後，大妹、二妹也外出工作，家冷清許多，我不能夠只顧著自己的憂傷，卻忽略家人的心情；今天無意中聽到阿嬤和母親的對話，阿嬤說：「阿美自從醫院回來，好像真鬱卒，一天講不到十句話，她心理一定很苦」。媽媽接著說：「是啊，我也勸過她呀，一切都是命，要想開一點」。原來她們已經在為我擔心，我實在感到很抱歉，就在這時候大姐帶著剛滿三個月的小外甥回來，那一年大姐已經是三個孩子的媽媽。

小外甥長得活潑可愛見人就笑，當我把他抱入懷中那一剎那，天使般的容顏、生命的活力，讓我感受一股新生命的躍動，剎那間我的信心忽然醒，告訴自己，不能輕易放棄，不管明天的結局如何！只要一息尚存我仍然有希望。

求醫

車子馳騁在北上的公路，一路上彷彿坐在雲端上，感覺雲在飛揚、樹在飛揚，心也在飛揚。而此刻恨不得化身大鵬一飛衝天，瞬間飛到台大醫院，這次前來不僅是自己的願望，也是帶著一家人的期許。

今天風和日麗，天空一片晴朗彷彿連老天都在為我祝福，一大早，阿嬤偕同母親到庄仔頭那座國姓爺廟膜拜，回來交給我一個畫得很卡通的平安符，媽媽說：「這可是我和您阿嬤，磕十二個響頭跪拜得來，給你帶在身上可保平安。」

這時候我才發現她倆的額頭都有瘀血的痕跡，讓我好感動，這份偉大的母愛，不知道何時才能回報；回想昨天阿爸和媽的對話，媽說：「那天你為什麼拒絕那些人的救助呢？雖然住醫院不用付錢，但是其他的生活必需品還是要用，台北人地生疏步步要錢，不像在家、可借、可賒，現在家裡哪有錢可用。」

爸臉色沉悶的說：「已經接受就醫，怎麼可以再接受救濟，人窮志不窮，你教我的臉要往哪裡擱。」

媽聽到這裡似乎生氣了，你就是死愛面子、不顧妻兒的死活。夫妻為了這事差點吵起來，好在這時候二舅媽來訪，才停止。

媽也趁機向她借錢，想不到舅媽馬上掏出錢來說：「剛好我今天去收會錢，有帶在身上，出門在外沒錢是不行的，說著，就拿五百塊給媽，夠不夠用。」媽說：「夠了，二嫂這些錢夠用了，多謝您。」媽感動著有點哽咽。

爸沒有錯、媽也沒錯，這都要怪我，如果沒有生這場病那該多好，難怪外婆每次見到我們姐妹，總是說我們姐妹是賠錢貨。

外婆是我最怕見到的人，每次看到我們姐妹總是指責媽說：「養那麼多女兒做什麼，會把你們夫妻給吃垮啦。」還好爸還有那一點人窮志不窮的意志，我們姐妹才沒有淪為童養媳。媽可沒有像我們這麼幸運，外婆生了十二個兒女，有五個女兒，卻沒有一個留在身邊，連出生才十二天的么女也把她送給別人扶養。

媽每次總是感慨的說：「還好你的養外婆外公都很善良把出生不久的我視如己出，不像有些人被虐待或被賣。」

在那個年代裡重男輕女的觀念很深，因此女性的地位卑微，有些貧窮人家把賣女兒視為常態，只是我不明白，外公是大地主為什麼還要把女兒送給別人。

善良的二舅媽常常拿米、拿錢借給我們，逢年過節她總是做很多糕點給我們姐妹吃，比起外婆那真有天壤之別。我很感謝舅媽的慷慨解囊，希望這次北上求醫，能夠一切順利，找到我的再生華佗恢復健康，到時候我將努力賺錢回報舅媽這份恩情。

感謝社工徐姐和沈大哥的幫忙，也感謝陳進東縣長派來專車接載，讓我們能夠順利前行。對於我這樣微不足道的人，卻讓他們勞師動眾，心中除了感恩之外還有著更多的愧疚，希望此去就醫，能夠達成願望藥到病除，才不枉他們這番盛情。

車子經過鄉公所的時候，坐在前座的徐姐忽然叫停，她對爸說：「陳先生縣長說要給阿妹五佰元的生活費，您進去領取。」爸有點猶豫，媽直催他進去，時間經過十幾分，爸垂頭喪氣的出來，媽直問爸領到錢了嗎，但見爸搖頭，徐姐生氣的罵那些官僚，氣呼呼的跑進去，不到五分鐘就拿著錢出來。

見到這樣的情形我的感觸很深，原來權力是多麼重要，難怪有人不顧一切的去爭取。

一路上心情很複雜，憂喜參半，對於未來總有些忐忑不安，車子經過市區、田野、越過山林、溪谷，兩旁的樹林一字排開，好像列隊歡迎我這個不速之客，在這盛夏的氣候裡，田野不斷泛起熟悉的稻穀香，隨風飄過來一陣陣讓人溫馨的泥土味；若不是一切歷歷在目，我會以為這只是一場夢境。這些年來一直盼望著，希望有一天能夠突破這場夢魘，沒想到這天終於來臨，雖來得不早，卻也不晚。

車子進入山區以後兩旁的道路撒滿冥紙，媽媽一見就開始緊張起來，這裡以前有人自殺，所以怨氣很重、陰魂不散想找替身。既然是自找的就怨不得別人，何況我們跟他無冤無仇，你怕什麼！老爸又在向老媽講道理。

而我卻想，既然有自殺的勇氣，為什麼沒有活下去的意志力，也許傷心人別有懷抱，別人是沒辦法體會。

這時候坐在前面的徐姐說：「您們放心啦，這是縣長的專用車，如果真有什麼鬼魂也不敢侵犯。」這時候媽媽才不再說什麼，但是我很清楚媽媽的個性，此刻她的心情一定七上八下忐忑不安，這是對未知的世界所帶來的想像與不安。

直到台北市區，那陰霾的情緒才緩和下來，也開始意識到周遭的熱鬧環境，常聽人家說台北是個繁華世界，果然一點也不差，高樓大廈櫛比鱗次，每條路都是車水馬龍也都一個樣，讓人如入迷宮，真佩服台北人的耐性，他們在這樣的環境下是怎麼生活的呢。

當我還在天馬行空胡思亂想時，車子忽然停下來，徐姐說；「台大醫院到了」我如夢初醒，抬頭一看，哇！好大的醫院哦，眼前這座雄偉的建築，就是台灣醫療水準最高的地方嗎？不知有多少個盼望，多年來夢寐以求的，如今都在我眼前一一呈現，一時之間令我百感交集，好感動，不敢相信這一切是真實的場景。

好大的醫院一腳踏入彷彿走入迷宮，好在有徐姐、沈大哥他們，但總是跟不上他們的步伐；不是她們走得太快，而是我走得太慢，走沒幾步就須要休息一下，這樣走走停停，後來徐姐看不下去，幫我找來一部輪椅代步，卻換了媽媽跟不上，她像走入大觀園的劉姥姥（紅樓夢）東張西望看什麼都新鮮，幾次迷路，好在徐姐把她找回來。

就這樣磨磨蹭蹭等到了神經科門診大樓，已經接近中午，好在總團部社工早已和院方約定，很快辦完住院手續，徐姐就帶我們到醫院的地下街吃飯，幫我們叫了幾碗麵，說有事暫時離開一下，叫我們慢慢吃等她回來。

誰知徐姐一離開媽媽就開始嘮叨，一會兒嫌麵太糊、一會兒說麵太鹹、一會兒又嫌麵太貴，我請媽別說，她卻反而拉大嗓門繼續說下去，害我覺得好窘，偷瞄四周的食客，還好，似乎沒有反應，這時候我很感謝都市人的那份冷漠。

直到徐姐回來幫我們買單，老媽才停止這齣鬧劇，後來爸責問，才知道原來她是害怕荷包失血。

我被安排住進精神科病房，（四樓是神經和精神二科的共用病房）和一位還在讀夜間部大學的外省籍女孩同房，她長得高頭大馬，雖有一頭長髮卻難以掩飾她的粗獷，她對我這個新室友忽冷忽熱，一會兒熱心的拿收音機給我，還不到半個鐘頭又收回去，那樣子來來去去一天好幾回。事先我並不知道她是精科病人，直到後來她的行為愈來愈奇特，一切才明白過來。

在這間斗室般的病房裡放了兩張床，就沒有空間了，害我這個睡慣大床的人，感覺似乎連呼吸都覺得擁擠。

那天晚上我開始懷念起家鄉那一望無際的海，還有那一遍綠油油的田野，接著有好幾個晚上我都作同樣的夢，夢回到家鄉的曠野上我會跳躍、飛奔像一隻羚羊飛躍得好自在哦！希望真有那麼一天能夠夢想成真，像羚羊一樣，自由自在的飛躍在人生的曠野上。

我的室友

在這斗室裡住五天都快要受不了，還好第六天媽媽陪我搬回神經科病房，她就回去了，由小學剛畢業的妹妹陪我，這時候的我生活起居還能夠自己調理，只是跌倒的次數越來越頻繁，所以須要有人陪伴。

這個病房雖然有六張床、卻不擁擠，空間寬敞光線也充足，相較之下和先前那間病房有天壤之別，我想那樣的空間，沒精神病也會悶出病來，為什麼院方沒有注意這一點呢。

病房裡包括我住有三人，一位即將出院的大姐，說話鏗鏘有力，一點病色也沒有，果然她已痊癒出院在即。

而對面住得卻是奄奄一息的女子，第一次看到她的時候被她嚇一跳，怎麼會有這樣的病，看起來像非洲飢民，如果她不動，會以為是一具殭屍；多麼令人難過的畫面，因為臉上七孔塌陷像骷髏一樣，很難看出她的年齡。

陪伴她的是一位老阿嬤，看起來雖然瘦弱，卻是堅強的老人，她不斷的為孫女翻身拍背，也不嫌累，常看她不時的跪拜祈禱，原來又是一個慈祥的阿嬤，在為她的孫女請命。我想神若有靈該會幫她吧！

後來我聽她的母親說，女孩得到罕見疾病，這一場病把她的人生全擾亂了，原本明亮的雙眼，現在也失明了；要步入紅毯的男友也跑了，夢醒了，但心也碎了，這樣的人生她哭不出來、也笑不出來，除了認由老天爺去作弄外又能怎麼辦。喔！可惡的老天，又製作一個不幸的女子。

住院第六天我才見到主治大夫，原來大醫院的大醫師一個星期才查房一次，平常都交給住院醫師，因此延到這時候才開始檢查，於是從簡單的血液、尿液，開始作起，第三天住院醫師帶我去照X光及心電圖檢查，後來是腦波檢查。

每作一次檢查就有一次期待，默默的向上蒼祈求，希望神能善待我，但願這次來大醫院不再失望而回。

在等待的日子裡相繼來了二位室友，兩位都是來自苗栗，一個年僅九歲的客家女孩，人很活潑、聰明好奇，長得一付調皮相，說話像連珠炮一發不可收拾。而照顧她的姐姐可是文靜多了，十五歲人很乖巧，她說妹妹是意外摔傷引起癱瘓。

另一個是十七歲的陳雪，長得清純可愛，可惜常不展眉不時一付心事重重的樣子，她被庸醫誤診鋸斷了一條腿，儘管如此，人卻活得很積極，看她雙手拿起拐杖健步如飛的模樣，就可以想見她活得一點也不氣餒。她對我說：「我最大的夢想是開一家服裝店，為他人作出漂亮的衣服，穿起來美美的，是她最快樂的事。」

你有什麼夢想。陳雪問我，我說：「追求知識才是我的夢想，一直以來我都相信知識才是力量，等待病魔解除，我想繼續未完成的學業；然而在病還沒治好以前，只好先自修，現在說什麼都是多餘。」想不到我們一見如故，就這樣天南地北的聊起來啦。

九歲的客家小妹，人活潑又頑皮，喜歡作弄醫師和護士；問診不回答，故意裝聾作啞，後來我問她：「為什麼每一次醫師問診都要裝啞巴呢？是不是怕打針？」

這時她眼睛睜得大大的問我：「你怎麼知道？」我當然知道囉，因為我也做過小孩呀！我反問她：「想不想趕快好起來呢」她說：「當然想啊！」我說，如果想趕快好起來，就要乖乖聽醫師的話，好好治療，相信你的傷、很快就會好起來了。她開始相信我，「真的嗎！」其實我也不知道，但我仍然回答是，每個人的宿命不同，未來的事沒人能說得準，一切只好盡人事聽天命。

自那次以後，她開始跟醫師配合，只是每次打針仍有一番爭執，這也難怪，畢竟她還是個孩子。四個女孩中她是唯一痊癒離開病房的幸運兒，看她快快樂樂的出院大家都為她開心，並且誠心的祝福她從此走向美麗健康的人生。

同是天涯淪落人，我很珍惜這段患難中建立起來的情誼，吃喝拉撒在一起，歡樂哭泣也在一起，重要的是我們互相關懷、互相勉勵，這樣的緣份不知修幾世才有這般情誼。

我的檢查似乎沒有突破性的發現，有一天傍晚藍醫師帶我到診療室，他建議我作肌肉切片，他說：「為了怕影響檢查，必須在沒有打麻醉藥的情況下進行。」為了檢查出病因再怎麼痛我也咬緊牙關的忍下來，我答應他，於是我躺下來一個醫師和護理長按住我的手腳，直覺得冰冷的手術刀劃入我的肉裡，至今對那樣的痛，仍然記憶猶新，也不知道當時哪裡來的勇氣，只希望快好起來而已。

在這裡每個人的病情各異，卻是懷抱著相同的夢想，希望早日恢復健康的走出去，也許人太年輕，藏不住悲傷、也藏不住快樂，痛苦的時候就盡情的哭，快樂的時候就開懷的笑，幾乎到達肆無忌憚的地步；連醫師也來陪我們打氣。每當華燈初上，那些白天看起來嚴肅的醫師，卸下白袍以後更親切，談天說地笑話連篇想逗樂我們，尤其是那位酷酷的總醫師，平常看起來嚴肅得很，說起笑話卻是一流，感謝他們的一番善心，讓我們暫時忘記病痛，盡情的享受這份溫馨。有誰想像得到笑聲最多的病房，所住的都是絕症的病人。

室友雪的檢查報告也出來了，好像不樂觀。今天主治醫師查房時，對雪說：「你的腦內有兩顆腫瘤，大的那顆很好處理，問題就出在那顆小的、我們沒有把握將它處理好。」當雪問醫師：「開刀成功的機率有幾成？」在場的醫師都不敢回答，聰明的雪已知道答案了。

那晚半夜，我被一陣陣的哭泣聲給吵醒，仔細一聽原來是雪，一向樂觀的她遇到這樣的打擊也難免會傷心落淚，看她傷心我卻手足無策，不知道該怎麼安慰才好！我想，此時任何言語都無濟於事，除了陪她傷心外又能如何呢！

人生由命非由他，難道這是我們的宿命嗎！突然間我對人生感到很無奈，原來生命是這麼脆弱，生時由不得人、死也不能任自己的意願，身為萬物之靈的人類，仍然逃不過命運的作弄，教人情何以堪！我為雪感到不捨；也為自己的病情擔憂正苦惱著。雪忽然停止哭泣，憂憂的對我說：「為了我的病，父母親向人借款，本以為來台大會找到生機，痊癒之後可以自己還債，誰知道事與願違，如今不但不能奉養父母，反而拖累父母。」原來她傷心不是為了自己的不治，而是為了不能奉養父母。

她的遭遇讓我聽得心好痛喔，像她那麼孝順善良的女孩，為什麼會落有得這樣的惡運呢！心中不禁的吶喊，「老天啊，請求您善待我們吧！請多愛我們一點、把健康還給我，畢竟我們還年輕。」第二天她就帶著絕望的心情離開醫院，我很不捨，老天又遺棄一個青春的生命。

雪出院以後這個病房更冷清了，再也沒有笑聲了，就只剩下雲跟我，有一天的深夜裡雲的病情惡化，被送去加護病房，從此就沒有再看到她了，後來她阿嬤回來拿雪的東西，才知道雲已經解脫了，她說雲走的很安詳，我不知道該為她的走感到傷心還是感到慶幸。

人是有代謝，往來成古今，短短的一個月中竟讓我飽受生離死別的滋味，這樣的悲歡離合，年輕的我實在難以承受。我不知道自己的命運又將如何？

幾天後，當主治醫師對我說：「這是罕見疾病，目前醫學界還沒有治療的方法，也許幾年以後會有所突破，他希望我別灰心、別放棄。」歷經過那些人、那些事，不幸的人大有人在，比起我的室友雲跟雪兩人的遭遇，我的不幸又算得了什麼。回家之後我寫信告訴雪我會堅強的活下去，希望她也要努力。

人生的際遇變化無常，北上求醫數月來的經歷，比起我這十幾年的生命起伏，不知道多幾倍。彷彿像一場彩虹似的夢，時而充滿光明、時而晦暗；時而教人擁有希望，時而瀕臨絕望。如果這一切只是一場夢境就好了，偏偏是我真實的人生。古云：「天之降大任於斯人也，必先勞其筋骨、苦其心志。」難道這是上帝對我的試煉嗎？

看到同儕們在追求青春夢想，使我既羨慕又自卑，曾幾何時那個充滿自信、自命不凡的我，如今竟然淪落到這樣的地步，難道這是我的宿命嗎？

阿嬤卻對我說：「一枝草、一點露，只要有口氣在就別放棄。」那年，我把這樣的心情寫信告訴雪，希望和她共勉，沒想到竟然收到她香消玉殞的消息。我不知道該為她的解脫而高興，還是為她來不及享受青春生命、追求夢想而傷心，一時之間心情竟糾結在一起，那時候我才真正體會什麼叫悲傷。

也許那段北上求醫和室友相處的記憶，讓我學會成長，學會了習慣那一次次悲歡離合的憂傷，即使面對新傷與舊傷的重疊，我也不會再流淚，因為不想再用淚眼來看人生。

江湖郎中

台北回來後，不敢再正視未來，我不知道是否還有明天！還有未來？

某日，住在鄰村的大姨媽來訪，告訴媽媽說，她們村子最近來了一團戲班子，那位班主有一套功夫，會治療各種疑難雜症，許多上門求診的人都稱讚說：「效果不錯我們阿美也帶去給他看看，說不定會有奇蹟出現。」且說：「凡是窮人他都不拿診療費。」聽姨媽將他說得那麼神，我明白又要試驗了！「每次有人說：聽說哪帖藥有多少人吃好，就去弄來，也不管我的體質和不和，哪裡有神醫，能夠藥到病除，不管有多遠，老媽總是催促著老爸載我去；在急病亂投醫的情況下，我成了偏方的試驗品，只是這樣一來我又多了一肚子的苦水。」媽媽馬上答應讓我住進大姨媽家，就近接受治療。

「大姨媽的年齡和我家的阿嬤差不多，大概多媽三十歲，她和媽一樣，從小就被外婆外公送給別人當童養媳，她的命運不好，碰到不良的丈夫，生下兩個兒子以後，就跟別的女人出走。多年寡居，獨立扶養兩個孩子，所幸表哥表嫂很孝順，現在總算苦盡甘來。」

爸爸帶我去拜訪那位神醫的時候，就住在她家，姨媽的個性很隨和，不像媽媽，很有個性。她親切的招待我們，給人的感覺很慈祥，使我放心許多。

想不到和那位神醫一見如故，兩人侃侃而談，一席話下來，惺惺相惜稱兄道弟，所以對於治療我的病也就更加盡心盡力，無論氣功、推拿、針灸、幾乎把他的十八般武藝全部施展出來，想打通我的任督二脈。無奈我怪人怪症連一點反應都沒有，怪不得他洩氣的豎起白旗；對爸爸說，他走遍大江南北頭一回碰到這樣的怪病實在汗顏。

其實他已經盡力了，怎會責怪他呢。這次的求醫之行成績雖然零分，但是爸爸卻多了一位好友，而我也多了一位叔叔，算來運氣還不算太差？

時光匆匆離開台大已經過了十年的光陰，我以為再也不會上醫院。誰知那天朋友阿連來訪一路嚷嚷，她的個性就是這樣，未見其人先聞其聲。但看她手裡拿著報紙，邊走邊說：「阿美你有救啦！有救啦！」我被她這突如其來的狀況，弄得一頭霧水。阿連把報紙攤在我的面前，才知道怎麼一回事，原來榮總有位醫師對肌肉這方面的疾病有研究，阿連熱心的一邊指著報紙、一邊鼓勵我說：「去看看吧！再給自己一次機會。」

那天夜裡輾轉反側，我是否該去麻煩別人，再給自己一次機會，還是放棄，經過天人交戰，於是下定決心寫下求助信，並將剪報一起寄出。事隔多年，他們還記得我嗎！還會幫我嗎？想不到幾天後，熱心的徐姐捎來訊息，她說：「已經請總團部那邊的同仁幫忙安排就醫的事，請安心等待。」

那晚，一夜難眠想到這些年來不斷的努力、不斷的掙扎，為的不就是有一天能夠突破困境，如今機會難再，只是，我的再世華佗是否就在榮總。

再次北上求醫

有人說心想事成，終於搭上北上的火車，這是我頭一次搭火車，在這障礙重重的月台上，幸好弟弟陪我，想要讓坐輪椅的我登上火車是件不容易的事，還好，人間處處有溫暖，剛好碰到一位好心的鐵路局站長叫人協助我，幾個人七手八腳的從第一月台搬到第二月台，總算把我平安的抬上車。

火車慢慢的啟動著，它載著我的夢想，以及一些親人、朋友的祝福，不斷的向前飛越，經過平原，穿越山林，跨過山川，鑽過一個又一個山洞，我的心也開始七上八下猶如窗外飛揚而過的山川起起伏伏，祈求老天垂憐，幫助我這次能夠夢想成真，找到救命華佗，解除宿命的桎梏。

終於住進榮總，這個全國數一、數二擁有最新醫療科技的大醫院。院區寬廣，我被安排住進中央大樓的神神內科病房，也是六張床位，不過還算寬廣。

想到有那麼多人為了幫我治病，不惜放下自己的工作奔波勞累，就覺得自己更該活得堅強一點。心中暗下決定，這次不管能不能夠治療，無論如何我都要請醫師幫我查個水落石出，這樣才對得起那些幫助我的人。

只是眼前所面臨的挑戰還有環境問題，床的高度，對一個沒辦法站起來的人來說，是一種「非常挑戰」。後來只好硬起頭皮用「非常辦法」，戰戰兢兢的從小椅子、再爬上大椅子，從大椅子爬上床。這樣上上下下每天好幾回，每回總是膽顫心驚，也許生活就是這樣不斷的挑戰。

入夜以後的醫院是不寧靜的，除了鼾聲、呻吟聲外，還有護士小姐推動那台藥劑車在走廊上格格的作響聲。

陪我來的弟弟回去了，救國團的大哥大姐也走啦，接替弟弟留下來陪我的妹妹早已進入夢鄉，而此刻的我思緒正澎湃著，想著前程往事，想著未來，儘管時間已經很晚了，我仍然一點睡意也沒有，這對我已經不重要了，重要的是明天還有更多的挑戰，在等著我去克服。

深邃的溫柔

記得月落西沉，天剛微亮才入睡，隨即卻被一陣格格的吵雜聲給吵醒，想不到醫院的早晨像菜市場那麼吵，我只好起來梳洗，迎接新的一天；當我把長髮解下，頭一甩，卻發現一個年輕的醫師正在注視著我，令我覺得很尷尬，這時他似乎也發現了，竟也害羞起來。兩人僵持了一下，他先開口對我說：「小姐，可以告訴我你的身體狀態嗎？」這突如其來的問題，把我給問住了，想不到我勞師動眾費了那麼大的功夫，才能夠來到這所大醫院，卻等來了一隻菜鳥醫師；心中不由的失望起來。

本來不想回答他的問題，卻看他的態度那麼懇切、認真使我不忍拒絕。接下來的日子，他每天不定時的來訪，每次總是用那雙深邃的眼光溫柔的看著我，再輕輕拉著我的手把脈；有一回，不知道為什麼連續三天沒來，再見面時，他卻緊緊握住我的手懇切的問著：「你過得好嗎？」被他這突如其來的舉動給嚇住了，本想掙脫他的手卻甩不掉，看他一臉誠摯只好作罷。這時，他似乎發現自己的失態連連對我說聲對不起，就歉然離去。之後他依然每天不定時的來訪，只是話卻少了，人也瘦了。室友說：「他對你比較特別哦！每天來關心。」我只好回答她：「大概我的病也比較特別吧。」而我所期待的神醫，直到一個星期之後才見到他，想不到一見面就搖頭，對我說愛莫能助，我的心像溜滑梯，一下子沉入谷底，真是「出師未捷身先死，常使英雄淚滿襟。」徐姐和沈大哥安慰我說：「既來之則安之，現代醫學發達，也許能夠找出治療的方法。」是的，不管結果如何我該靜下心來靜候主治醫生的安排。

在接受檢查這段時間由五妹與么妹輪流陪我，因為五妹婚期已近，所以由么妹接替。」這時候的病房又住進來了一位新室友，她是個年輕女孩，個性開朗、活潑，我們很談得來。她也是因為莫名的病因導致行動障礙，看來又多了一位淪落人。自從她來了以後，病房生氣多了，詩經裡說：「關關雎鳩，在河之洲。窈窕淑女，君子好逑。」真的，一點也不錯。三不五時有不同的年輕男孩來對她獻殷勤，那些情話說的人不臉紅，而我們這些旁觀者，卻聽得起雞皮疙瘩。也許這是都市青年的豪放吧。隨著檢查有了結果，那些男孩知道女孩的病無法痊癒之後，來訪的次數也越來越少，直到後來消聲匿跡。

人的習慣是很難更改，即使住在都會的紅塵之中，我依然習慣起得早、睡得遲。喜歡迎朝日、送夕陽，榮總是個不錯的醫院周遭還有一些綠地，為了倘佯在綠意盎然之中；只要不下雨，每天妹妹都會推著我到院區的荷花池散步，它像是一座小型的公園，周圍花木扶疏，中庭小橋流水，在這裡還可以聞到一點自然的氣息，但是今天情況有點異常，不但人群稀少，而且有人交頭接耳，不知道出些什麼狀況！後來聽說有一名病患，投入那水深不及肩膀的水池自殺，可見他尋死的心情是何等的堅決。

當我再度來到荷花池畔，看那波光粼粼魚兒依然悠遊自在，景致依舊人兒卻已經不在。我不知道該為他的死感到惋惜，還是該為他的解脫感到高興。不知道那一縷冤魂又作何感想呢？任何事真的揮一揮衣袖，就能夠瀟灑的走嗎？

經過一個月大大小小的檢查，結果終於出來了，只是答案卻令人大失所望，「罕見疾病無解」我的心又再次跌落谷底。想到一路來無怨無悔幫助我的救國團那幾位大哥大姐，我的內疚大於傷心，那天晚上我哭了，潰堤般嘩啦啦的流下，直到黎明才漸漸入睡，不知過了多久，卻被一股襲來清香摧醒我昏昏的睡意，尋找源頭才發現枕頭下夾一封無郵的信函，筆跡端正有力、卻很陌生，信裡所寫的字字句句都是鼓勵、和安慰我的話，原來是他來過，在我感到最無助、傷心的時候對我表示關懷，令我覺得很溫暖，好貼心的男孩謝謝你。信上他對我說：「人生有很多意想不到的可能性，一次的失敗沒什麼大不了；醫學是日新月異，等哪天突破瓶頸、峰迴路轉，一切將柳暗花明否極泰來。」

耐心的等待吧！每個人都有值得為他活下的一線希望」。我把他的心意銘記在心，謝謝你朋友，也只能以這樣的心情來感謝他對我的一番盛情罷了。

出院前夕，主治醫生來看我，他問我：「有哪些須要幫忙的，我們樂意為你做。」他們哪裡知道除了這病外，還有什麼須要呢？後來我請求他們，幫我做病理追蹤，以後若有治療方法請跟我連絡。就這樣他們幫我介紹專門研究肌肉萎縮症的高克培醫師，後來高醫師和我一直保持聯絡。

出院那天大姐來接我去她家住幾天，拗不過她的好意，在盛情難卻的情況下，只好到她家暫住幾天。姐姐和姐夫赤手空拳來台北打拚已經十幾年了，他們夫妻同心協力的奮鬥，如今已有點成就，孩子、房子、車子都有，雖然生活不是很富裕，卻也過得去。

住在大姐家那段日子，大姐雖然對我很照顧，但是我的心情依然沉悶，俗話說：「金窩銀窩不如自己的狗窩。」看到姐姐

夫為了生計勤奮的工作，我怎麼好意思再打擾下去呢，後來還是向大姐告辭叫妹妹帶我回家。

一路上回想那些前程往事，為了求醫一次次地不惜勞師動眾，每次總是乘興而去，敗興而回。如今我的夢該醒了吧！阿嬤說：「命裡有時終須有，命裡沒時莫強求。」也許這就是我的宿命吧！

人生的際遇變化無常，以為這一次可以突破困境抓住一道生命的曙光，哪裡知道經過幾番征戰、幾番努力到頭來又落得空歡喜一場；如今又走回原點，心情那份落差又怎能平衡得了。

想不到一回到家，么妹就拿一封信給我，看日期已經過了二十幾天了。原來是那位實習醫生他寄來的信，寫得很誠懇。看來他是真心想和我作朋友，希望我儘快給他答覆，看日期他已經離開醫院了，看來我們是有緣無份「此情可待成追憶，只是當時已惘然。」一切已經事過境遷了。感謝他的一番盛情我會記得，其實這樣也好，愛情對我來說是一件奢侈品，生病的我有什麼資格去承受呢！

第二年我收到高克培醫師的來信，這次他進修回國，邀請兩位肌肉萎縮症的教授一齊回來看診，他邀約我再上榮總一趟。這兩年來我一直盼望他能夠從美國為我帶回來好消息，希望這次能夠突破瓶頸，才不枉他一番努力。他要我再作一次複檢，對我來說這或許是上天再一次給我的機會，我應該把握才對，於是我跟爸媽商量，這次不要驚動別人，於是請弟妹們帶我依約前行。

在場的人很多，病人、家屬，醫師、教授、學生齊聚一堂。（那時才明白原來生這樣病的人還不少）高醫師幫我安排第一號會診，雖然聽不懂那位外國醫師在對我說些什麼，但有高醫師幫我作翻譯，才知道原來我所得的病是「進行性肌肉萎縮症」。他建議我作肌肉切片，雖然明知道此病無法治療，但是為了研究，我願意挨下這一刀。

第二天上午他安排作肌肉切片，本以為只不過拿一點肉，應該很快就好，誰知當刀子劃入大腿卻不見肌肉，尋尋覓覓再深及見骨卻仍然遍尋不著；使得操刀的外科醫生感到洩氣想放棄。經我一再懇求他才繼續操刀，從上半身到下半身，一路搜尋，皇天不負苦心人，終於在我的小腿上找到一小塊。這時候大家才鬆了一口氣。在場的人幾乎同聲歡呼，總算大功告成，我心上的石頭方才放下來。他們都對我說。妳很勇敢，其實我的勇敢只是時勢造成，為了一份使命、一份信念，我必須堅持；不管將來研究的成果如何？不去想，重要的是我曾經努力過，我沒有放棄。

人生際遇變化無常，生命的變數更是令人側目，前一刻那人還在談笑風生，下一刻卻是天人永隔。也許生命的無常才更令人覺得可貴。

人是用哭著來的世從一出生就用哭著來到這個世界，這是否意味著人生將有許多磨難。

有些人珍惜生命、即使命在旦夕的植物人仍然努力的爭取那一口氣。有些人身體健壯，卻漠視生命，因此橫死街頭，是車禍，還是人禍？人的一生很多變數，而我了解生命的意義，卻是從醫師宣判我得了無可救藥的罕見疾病開始，原來老天要讓我背負著這樣的責任，既然不能推卸，就將它融合，當作自己的一部份。

剎那間我感到輕鬆起來，阿嬤說的沒錯，想開了，就沒事。如蘇軾的定風波詞云：「莫聽穿林打葉聲，何妨吟嘯且徐行。竹仗芒鞋輕勝馬，誰怕？一簑煙雨任平生。料峭春風吹酒醒，微冷，山頭斜照卻相迎。回首向來蕭瑟處，歸去，也無風雨也無晴。」

大姐的青春

生命很奇妙，有時候你覺得他脆弱得不堪一擊，卻又那麼強韌。本以為在沒有醫療的情況下，會這樣的死去；誰知道還能夠成長，由一個小女孩變成一個少女。本來成長不是件壞事，可是隨著成長而來的是分離的開始，阿嬤說：「樹仔長大，自然就會開枝、散葉；人也一樣，一旦長大以後就各奔前程。」所謂天下沒有不散的宴席。

母親連續生了六個女兒以後第七胎才得到兒子。所以大姐成了阿爸的左右手，不但幫阿爸扛這個家，也彌補兒子幼小不能相挺的不足。有了大姐，爸的擔子也就不再那麼沉重，所以老爸總是把大姐當作男孩一般的倚重，而大姐也從不令老爸失望，任勞任怨很賣力的做，作個不輸給兒子的女兒。

還記得那段牽罟的日子，每當漁汛來臨的時候，爸爸便守候在海邊一看到海鳥集結在一起，便吹起號角，大姐便要去通知那些親戚朋友們到海邊集合，無論白天或黑夜大姐隨著爸爸的步伐忙碌著，她希望多少能幫忙一點，讓老爸不會感到沒有兒子的遺憾。

牽罟是一種充滿團結氣氛的老式傳統魚撈，男女老幼都可以參與，以一條粗大的繩子繫於海上作業的魚網，再用船隻把網子撒在魚群出沒的地方，而岸上的人就牽繫著那條繩索，同時也牽繫著一家子的希望，所以每個人都很努力、一起用力的往上拉。

漁船靠岸的時候，好像看到希望，有魚貨更好，沒魚貨也罷，不管有沒有魚，只要平安歸來，阿嬤說：「這一切都是上天所賜予的，我們要心存感恩。」漁民懂得樂得樂天知命，從不怨天尤人。

在捕魚季的時候總是攜家帶眷守候著，遼闊的海岸集滿了人潮，在等船靠岸的當時，我帶著妹妹挖沙堡，或撿蛤蜊、抓螃蟹。這些是我和妹妹們的另類童玩，一方面貼補家用，另一方面也可以玩樂。

對海我有一種既愛、又怕被傷害的複雜情感，一方面感謝它帶來豐富的資源，讓爸爸可以捕很多魚，養活我們一家人，又害怕它發起怒來，風雲變色，把人與船都給吞沒了，像班上的同學，他爸爸就是在海上作業的時候失蹤，記得那時候那些大人都放下自己手邊的工作出海尋找雖然大家都以為他爸爸死了，我卻認為在還沒有看到屍體以前，誰能去斷定一個人的生死呢！我安慰同學說：「別難過，你爸爸可能還活著，也許他在傳說中的無人島像魯賓遜那樣，等有一天被人發現，就會送他回來」。

姐成了老爸的左右手，無論在日正當中、或逼披星戴月，總是跟隨著他，她的青春歲月充滿海的氣息。

每次滿載而歸的時候，爸爸和大姐最忙，為了保鮮，他必須先把魚貨分批發送給大家，然後再把一部份的魚貨趕著送到漁市場去販賣，因為海灘都是沙地，車子沒辦法行駛一切都須要靠人力，不管有多累、海灘有多遠，大姐眉頭都不皺一下，跟在爸爸後頭，一擔子、一擔子的將魚貨挑上車，一個女孩做跟男孩一樣的工作，卻從無怨言，可惜，爸媽仍然感慨大姐不是男孩的遺憾。

印象中的大姐，從小學開始就當童工，長大後又當女工，每逢農忙或漁撈的季節，她就回來幫忙，我不知道她還有多少時間是為自己而活，有沒有過少女的浪漫憧憬呢；十九歲的她除了工作，仍然工作，她像虔誠的教徒一般，把青春生命奉獻給這個家庭無怨無悔，一直到媽媽作主，把她嫁給姐夫為止，後來妹妹們為這個家也是一樣的付出，這是那年代貧窮人家女孩的宿命。

大姐要結婚了，媒妁之言，我卻一點喜悅也沒有，反而覺得有點悲哀，因為這樁婚事，點頭的人不是大姐是媽媽，媽媽說男方家有幾甲田地，將來不愁吃，會比在家好命。不能說媽媽不對，但是，我沒辦法同意媽媽的想法，婚姻不是物質就能建立，何況沒有感情的婚姻怎麼好命！

大姐還是嫁給大她十歲的姐夫，她的孝順讓我很心疼又很氣惱，孝順和婚姻是兩碼子的事，一個人連婚姻都不能自主，這樣的人生有什麼意義呢？我實在難以理解大姐的心情，跟一個沒有情感基礎的人，怎麼能生活在一起呢！也很佩服她的勇氣與孝心。若要我為了孝順而嫁，那我寧願當個不孝的人，也不願違背自己的意願。畢竟婚姻是一輩子的事，誰能夠替我們承擔。大姐婚後過得不是很壞，也不怎麼好，因為那是個大家庭，婆媳妯娌之間的問題，年輕的姐生活在那樣的環境下除了忍又能奈何，婚後三年她就和姐夫帶著孩子去台北打天下。而媒婆所說的田園，只是一片河床地所種的西瓜園，加上一甲多的水田。有一次我問姐，婚後的生活如何，想不到她卻對我說忍耐、和體諒，原來這是她的婚姻寶典。

阿嬤常說：「女孩子是油麻菜子命，嫁到好的婆家，就像播種在豐碩土壤的苗，很快就會成長茁壯，花團錦簇。」我問阿嬤：「那如果嫁到壞婆家呢？那該怎麼辦！想不到她卻說：「這是命運」。

不明白，為什麼要把自己的幸福寄託在別人的身上！人的命運不是應該自己掌握嗎？是好、是壞由自己承擔。我跟阿嬤和媽媽說：「將來我的婚姻由我作主。」這是頭一次和阿嬤意見相左，因為我不相信宿命。

長大後，我面臨同樣的問題，仍然沒辦法順從父母的心意，我不是獨身主義者，也有浪漫的想頭，只是，這一身病已讓我活得夠累了，不想再去施累別人。

朋友

那年夏天收到阿霞的來信，她是我離開學校以後，唯一有聯絡的同學。阿霞是個很上進的女孩，她和我一樣都是出生在貧寒的家庭，畢業以後就上台北工作，她說：「台北是個很繁華的都市，只要肯做事就有就業的機會，告訴你一個好消息我現在升級當領班了。真的！太好啦！我替她高興。為了將來的升遷她說，必須繼續升學，可能回來的次數會減少。」

我為阿霞高興，她終於提出勇氣為自己爭取了。從小就乖巧孝順的她，父母說什麼都順從，國小畢業，她一直希望能夠繼續升學，她跟我說好羨慕大學生喔，如果將來有機會她想唸大學。可惜她的父母卻要她出外賺錢，幫助兩個弟弟升學，直到將來讀大學。

這些年來她努力工作，省吃儉用把辛苦所賺來的薪水全都寄回家，對於這樣的付出她從無怨言。當同事都讓自己的荷包滿滿，且打扮得花枝招展，她依然一襲舊衫。常勸她該為自己設想，而她總是不敢違逆父母，讓我這個患有重症的朋友，看在眼裡對她的無助，充滿無力感。

她的個性溫和善良，膽怯懦弱，記得小學四年同班，常看到她被人欺負，每回總是一個人躲在角落裡哭泣，從沒有看到她反擊，我問她為什麼不反擊，她卻跟我說，學校是讀書的地方，她不是為打架而來。

我實在拿她沒辦法，每次被我發現豈能袖手旁觀，只好出手相挺；就這樣因緣聚會倆個不同個性的人卻成為莫逆，之後再也沒有人敢欺負她；因為他們都知道她有一個不僅會讀書、會玩，也很會打架的麻吉相挺。

人事無常，曾經強悍的我卻病得這麼軟弱，須要有人照顧扶持，真是十年河東，十年河西。知道同學在為自己的前程奮鬥，很為她高興，並且默默的為她祝禱、前程錦繡。

生長在這個不新不舊的年代，必須承接著雙重的擔子，身為女人除了勇敢去面對與承擔外就只有認命。

這是女子的宿命嗎？有人像大姐認命、服從女子的三從四德，一輩子過著自己不喜歡的人生。有人像阿霞，也是順命、服從，只不過她懂得為自己爭取。誰教我們生長在這個新舊交替的世代裡，一腳在舊時代、一腳已經跨越在新時代中，這已經不是三從四德就能夠了卻一生的問題，面對著這樣的局面，除了努力成長外，就是為自己打造一片天空。

眼看著親朋好友一個個各奔前程，我卻過著隨遇而安與世無爭的生活，除了看書來點綴生活中的平淡外，不知道該用什麼來成長自己。白日聆聽鳥語花香，夜間潮聲沖耳，感覺很像詩人，胸中無墨卻一點也詩不起來，想一想我該多充實才對，知識是給人生豐富的東西，有了它，生命會更加的充沛多彩，那麼我該努力獲得知識，也許讀書對於我便是唯一的途徑，所以，從借書、買書、看電視、聽廣播教學。希望能夠重拾失去的學業，繼續我的學生生涯；前人說得沒錯，「知識如逆水行舟，不進則退。」也許神聽到我的呼求，那一年電視有教學節目，它來得正是時候，好讓我趕上這班車。

我讓自己陶冶在文學、哲學的領域裡；而那些昔日懵懂的小說人物，因有老師的講解，變得鮮明親切起來。如今不僅水滸傳、三國志、唐詩三百首、宋詞、明曲、清詞那些史上的人物都成了我的好友。現在的我更交遊廣闊，古今中外，五湖四海都有。有了新的目標，讓我感覺所有的精神都來了；雖然我的青春沒有揮灑快樂、美麗的色彩，卻也不留白。

山居

天下沒有不散的宴席，阿嬤過世以後家中更加冷清，想不到一年之後我也離開家。

原以為這輩子除了死亡之外，是不可能離開家，沒想到人算不如天算，老天爺竟會以這樣的方式讓我離開家門。

隨著病情的惡化摔跤的次數也越來越多，尤其是洗澡的時候為了爬上、下澡盆一不小心就跌倒，每次都頭破血流，等我把身體沖乾淨並穿好衣服，血已染紅了澡盆與浴室，等我走出去，身子已沒辦法再支撐下去，因此成了急診室的常客。每回也只是皮肉傷而已，只要縫縫補補也都沒事，那些醫師還跟我開玩笑說；「下次再來吧！」我回答，「下次不來了」想不到這一次卻過不了關。

現在回想起來，如果那天我沒有把腿跌斷，那麼我的人生就不是現在的樣子，我不知道該以什麼樣的心情來承受這樣的人生。難道這一切冥冥之中早已定數。

那天是中元節，弟妹們都回來，大家都忙著準備祭品，而一大早就不舒服的我，沒吃早餐，挨到中午拖著疲憊不堪的身子正準備到廚房用餐，誰知到了廚房門口卻摔倒，這一摔竟把大腿給摔斷了，頭一次感受到刺骨的疼痛，原來那是我離開家的徵兆，家人為我叫來救護車匆匆把我送醫。

躺在手術台上，清醒看著醫師每一個動作，因為我有重症，醫師不敢冒然做全身麻醉，怕我會醒不過來。所以整個過程我都清楚，卻也空白，總以為這一切只是一場夢而已，所以不去想，等醒過來一切又將恢復平常。誰知道這只是惡夢的開始。

我不知道經過多久的時間，腦子裡一片空白，當我被推進恢復室時；爸媽及謝神父都趕過來。看他們一付焦慮的模樣；可想而知他們在外面一定等了很久，看年邁的父母那張滄桑的容顏，寫滿愁雲的坐在我病床邊，讓我覺得很過意不去，從出生到成長這一路走來都在父母的呵護下生存，除了生病仍是生病，沒辦法為父母做些什麼，或回報一點父母恩，想一想真的好慚愧，此時才發現爸媽的白髮又增多了。轉到一般病房以後，眾姐妹都被老爸叫回來了商量，結論是每個人輪流照顧我。

想到他們為了我，放下手邊的工作、家庭與孩子，實在很內疚，心中不覺的怨懟自己，為什麼要成為別人的包袱呢！麻醉藥退了以後，腿開始痛起來了，整夜裡我輾轉難眠，姐妹們以為是傷口的痛楚讓我難以成眠，她們哪裡曉得，此時的我內心比傷口更難受，對於生命的無力感，那種絕望實在難以用筆墨形容，誰能夠告訴我我的明天該怎麼辦。

連續一兩星期都在不眠的狀態，姐姐也跟著我睡睡醒醒的，實在很抱歉，無奈這時候的我已無生趣，直到神父帶著一些朋友來病床為我祈禱，那晚竟意外的使我安然入夢。不知道這算不算神蹟，還是我跟天主有緣，如果有，我希望他能夠指引我理出一條路來讓我好走。

出院前一天，我的家人，他們在開家庭會議，大家為我將來的照顧問題傷腦筋，現在才體會當初媽媽為什麼處心積慮的要把我給嫁掉，原來她怕我老來孤苦無依，想不到這一天這麼快就來臨，其實我並不後悔，久病床前無孝子，這就是人性。也許結婚對我的傷害更大。此時神父帶著丸山療養院的院長來看我，邀我到丸山住，儘管心中多麼想回家，可是父母親年邁，姐妹各有家庭要照顧？在仔細思量之下我只好答應；第二天神父帶著我們全家浩浩蕩蕩直奔丸山。

丸山療養院座落於羅東近郊的丸山之頂，建築雖然老舊一點，環境卻清幽整潔很歐風，四周花木扶疏，幾棵蒼勁老樹盤踞其間，像守護神，守候整個院落。

古人云：「仁者樂山，智者樂水。」我卻山水兩不忘，丸山的環境讓人有恬靜脫俗，又怡然自得的風貌，這是一處能夠修心養性、忘憂的好的地方。整個院落是一棟三層樓的建築，它的前身是肺結核醫院，現在改為安養中心，一樓有祈禱室、辦公室及病房，是能夠自己行動的老人居住，二、三樓住的是重症者，我被安排在三樓的三十號病房，病房內除了我，還有一位罹患怪症的阿姨以及一位中風的阿嬤。室內的空間寬敞，比我想像中還好。想不到一場意外卻使得僅存的一點行動能力也給剝奪，使我不得不接受安養，從此隱居山林。

這裡的院長來自意大利，聽說為人仁慈、隨和，是天主教靈醫會的會士，「靈醫會是一個助貧濟世救治病人的團體」而這位仁慈的長者，平時對待病人「醫病如親」，正是他奉行教義身體力行一貫的作為。

每天一大早就聽到他宏亮的笑聲，用他那種特殊的腔調來向每個阿公阿嬤問候，說來也有趣那些失智的老人會忘記自己的親人，卻記得院長的笑聲，每次看到院長就學習他的腔調，總是很開心的跟著他走。

每天院長都會帶著幾個阿公、阿嬤出去散步，尤其是盲眼的阿公更是小心翼翼的牽著他走，有時候院長童心大發，故意試驗阿公，誰知阿公的辨識能力很強，即使院長不開口，他也可以遠遠就聞得出他來。大家都以為阿公恢復視力，阿公卻說，這還不難，院長的身上有香味用聞的也知道是他。大家才恍然大悟。

從台北來的張奶奶八十多歲，雖然疾病纏身，唯一的嗜好是喜歡做菜，為了讓她開心，院長幫她弄個小廚房，每天帶她去逛超市、或菜市場，別看她平常病懨懨的做起菜來卻精神抖擻，手藝超群，這下可樂了我們這些小鬼享口福，卻累了柏修士。

有一次張奶奶感慨的說；小柏（白）比她兒子來得更親。的確我們這位院長更像盡孝的老萊子。有次吳念真大哥為了台灣念真情的節目上山來採訪柏修士，跟他相處的那些天他說，柏修士這個人，很像修得正道的濟公，我問他何以見得，他笑笑的說，你日後觀察吧。

他說得不錯對這我們這些住院的病人而言，院長不像院長，倒是比較像親人，對比他年長的老人，他扮演老萊子，和年齡相差不多的他以兄弟的情份相待，而對於像我這樣的晚輩，他把我當自己孩子疼愛。對我這個特殊病人，並不嫌棄，反而多一點體諒與疼惜；為了繼續未完成的學業，我向他請求，想不到他肯破例，幫我安裝電話、電視，方便我進修空大，我的學習生涯才能夠得以延續。

感謝院長的仁慈，為我所作的一切，能夠受到這樣的照顧是我的榮幸，然而初次離家的人，仍有認床的習慣，每當我面對那張冷冷的病床時，又開始懷念起我家那張硬梆梆寬闊的木板床，雖然沒有病床的柔軟與舒適，卻是陪我度過多少個哭過、笑過無眠的夜晚。

那裡有姐妹和她們寶貝的氣味，一瞑大一寸那種抱在懷裡越來越沉重的驚喜；我喜歡當他們拉扯我的長髮笑呵呵的模樣很像天使。耳邊彷彿傳來小傢伙的叫聲，「姑姑我有洗腳腳喔，阿姨我有洗澎澎喔！我要跟您睡。」聽到那幾個小傢伙親暱的聲音在叫我，雖然吵了點卻也是一種幸福；眼看著小孩逐漸成長是件很令人欣慰的事。

入秋以後霧氣更濃，晚風習習、吹來幾許的涼意，山上的夜總是來得特別快、格外的安靜。長廊上的人潮不見了，那些老人都上床休息，只有留下不能入夢的我，守在窗口對著夜空凝望，那銀白的月光灑落在山林、在庭院，那似曾相識的溫柔，勾起我的鄉愁，已接近中秋了，看來今年的中秋我將缺席。

這裡的環境雖然很好，人情也濃厚，只不過終究比不上家居的自在，那一晚我坐在長廊上，望著山下萬家燈火，不知道哪一盞燈能夠為我而留。看來今宵無夢，漫漫長夜不眠的我只有清風明月相陪，卻意外的聆聽一夜山林低語、以及小動物的鳴奏。

山居歲月我做不來隱士，常開著電動輪椅走訪山林，喜歡有陽光的早晨，清風徐來拂我以清新的空氣，聆聽鳥語花香，連整個人都陽光起來，每天清晨六點半起床，有靈修的洗禮、望彌撒是一個天主教徒應盡的責任。我喜歡弭撒的莊嚴氣氛，當神父在祭檯上認真講道，此時不管是聽得懂或不懂，我都會排除雜念、讓心緒沉澱、靜心聆聽，唯有這樣才能獲得那份平和與安詳。

所以每次當我步出教堂，總覺得又有一股再度重生的力量。步出戶外，迎面是鳥語花香、以及清新的空氣、陽光，還有處處意想不到的驚奇。

所以我不坐電梯，寧願開著電動輪椅走山路，再爬上木橋回三樓，一路尋幽攬勝，有出奇不意的小朋友待我尋訪；有橫霸綠

林的蜥蜴，每次經過它的地界，總是看到它們在劍拔弩張，大有一觸即發拼著你死我活。這時候有青色的綠影閃過，一定又是神出鬼沒的青蛇，這個可惡的傢伙，不去找它的白娘娘，卻來這裡興風作浪，一定又想偷襲可愛的小鳥，糟糕墓園邊有窩雉雞蛋，當我趕到時已經不見蹤影，正擔心著卻見那雉雞媽媽帶著一窩小雛雞從草叢裡冒出來。哦！感謝上主賜它們平安。

輪椅順延山路而行，雖然有點吃力卻還可行，林間有飛躍的藍雀，來自山林的小松鼠。記得當初牠們一見到我拔腿就跑，後來我每天帶一些小禮物給牠們，現在我走到哪裡，就跟到哪裡。這時候它們該在花園那邊，院長在園區裡種植一些果樹，這些小鬼一聞到香味就飛奔過來，如入無人之境，也不管有沒有人，安不安全，一看到果實就猛吃；看來為食而亡的動物不少。好在院長仁慈，不會在意這些。

不一會兒到了山頂上的園區，這些小傢伙果然在這裡，看他們一家大小開心的飛躍、穿梭於果樹間，那麼自在逍遙實在令人羨慕。動物的需求不多，只圖溫飽而已，也許這也是它們能夠活得自在無憂的道理吧。原來懂得簡單的滿足也是一種幸福，可惜人類參不透這樣的禪機。

愚昧的我確實參不透這樣的禪機，當我每天面對著這些老人，心裡是五味雜陳，剛來的時候我以為自己走錯了時空隧道，怎麼會有那麼多生病老人，實在說不出心裡是惶恐還是心痛，也許這就是所謂生老病死的宿命，誰也沒辦法避免。慶幸的是院長柏修士他以「老吾老以及人之老」的同理心來對待病人。

看這些老人，使我又想起已經過世一年的阿嬤，如果她還活著，知道有這麼多生病的老人她會怎麼想呢！感謝老天，一直以來都讓阿嬤無病無災；比起這些老人阿嬤真的幸運多了。

想他們奮鬥大半輩子，到該享清福過著含飴弄孫的天倫之時，一場重症下來希望破滅，失去所有之後，如今只能在這不是家的家，夢迴天倫突然間覺得人很可憐，難道這一切都是宿命嗎？好在人都有樂觀的天性，以及和命運抗衡的毅力，好讓自己的人生活得更美好；這就是人的韌性與可愛。

歲月匆匆，秋的顏色剛才染紅山頭，隨即又是臘梅頻催的濃冬，那肅殺的氣色已染滿了整座山頭，凋零的落花、蕭條枯枝更憑添幾分冷落。我每天不停的數著日子，終於被我從夏末催促到初冬。

四個月終於過完，醫師說四個月以後骨頭會完好如初，如今時間已到，前幾天就求得謝神父的同意，上山來載我。一大早心情七上八下，患得患失準備下山去羅東聖母醫院看結果。

感謝謝樂廷神父八點準時到來接我上醫院。結果骨頭完好，而那根支撐的鐵不能拿出來。如此一來我就失去了自理的能力，這樣我的人生將改寫，這種處處仰賴別人的生活，生命怎會有尊嚴呢？想到這裡心情就惶恐起來，往後的人生該怎麼走下去呢？

有人說人生的導師可以來自生活，和這些老人生活在一起之後，使我成長許多，他們的處境很特殊，有鼻胃管才能進食的、睡不醒的植物人、失智、以及口不能言的中風老人，本以為他們已經到了山窮水盡的地步，哪知道為了爭一口氣，不斷的與生命拔河。現在才明白原來上戰場不一定要軍人，在人生的另一場戰場上仍有勇敢的戰士在全力以赴的奮戰。那氣蓋山河的氣勢連窮兇惡極的死神也被震撼得退避三舍。

面對著這些勇敢的長者，我很想為他們盡一點心力，在他們能力不及的狀況外，如氧氣罩掉了、鼻胃管拉出來啦，或跌倒、或做一些危險的動作等，而我能夠為他們做的其實有限，也只有幫他們按按鈴，通知護士小姐前來救援而已。等他們的危機化解，那顆懸起來的心也踏實多了。

在安養的歲月中看盡人生的起伏與興衰，使我增多一點成長也多一些感觸，每次看這些老人前一刻還有說有笑，轉瞬間卻是天人永隔，對這樣瞬息萬變的無常，也只能徒呼無奈。難怪有人感慨浮生若夢原來一切只是鏡花水月罷了。

住院當中我接受院長柏修士很多的恩賜，在我意志消沉時，在我家繳不出住院費時，他對我鼓勵與幫助，若沒有他的幫助減少費用，我住不起丸山，後來才知道原來除了我之外，還有一些無依的老人都受他的恩澤。

住院這期間我受到很多的禮遇，由於病情須要，他安排看護每天幫我復健、洗澡，期使病情減緩惡化。為病人康復，他購買很多昂貴的復健器材，他說只要對病人有幫助的都值得，所以他不惜一擲千金。

除了謝樂廷、李智神父之外，院長柏德琳修士他是我最敬重的長者。他不僅常對員工精神喊話，也以身作則，希望做到侍奉如親，使每個病人都感到住院如住家的感受。他總是以身作則帶動員工，幫病人做這、做那，連倒尿、倒屎他都幫忙。

工作人員深受的感動，對我們這些病人的請求總是和顏悅色，因此獲得我們的信任與敬重。久而久之病人與看護之間成了好朋友、好姐妹。

當我沒胃口的時候，很會做菜的阿美與玉青便會弄一些好吃的拿手菜請我；而阿香姐每次上台北看她的雙胞胎孫子，總會拿照片回來讓我分享孩子們的成長與她的喜悅。

我永遠記得每次要外出時候，護理長安娜姐就幫我打扮的美美的才讓我出門，不管我回來有多晚，在門外總是為我留一盞燈，讓我有回家的感覺，令人好溫馨；在丸山我彷彿是童話裡的公主，過著無憂的日子，這種被尊重、被愛護的生活是我人生當中最幸福的日子。

我不知道該感謝、還是怨懟這次的骨折；有人說福兮禍所倚，禍兮福所至；也許都該心懷感恩，來看待這一切，感謝這些幫助與關愛我的人；住在丸山四年半，被照顧得無微不至，這是我生病以來，受到尊重也最有尊嚴的快樂人生。

我很感謝院長柏德琳修士，是他的仁慈與博愛要求員工誠心的照顧，每個病人才能過著無憂無慮的生活；是他那種以著基督拯救世人的精神在愛護著我們，我才能解開放下心情，重新面對殘缺的人生。在此我看到一個比中國人更懂得中國文化的外籍修士，正在用他的愛全心全力實踐中華文化，「幼吾幼以及人之幼，老吾老以及人之老。」，中國人喊了五千多年了的口號，他卻身體力行，他的仁愛讓每個老人生活得很安樂，並使最後那段路走得很平靜。

他的照護理念有別與同行者，是因為有一顆悲天憫人的心，卻少了會計較的利益心，如果世人都能夠向他看齊，以同理心來對待被照護者，那麼每位老人養護所將是老人的人間天堂，而不是人世地獄。

人皆會老，有一天當自己垂垂老矣，相信也希望得到良好的照顧，台灣已開始步入高齡化的社會，「老吾老以及人之老」希望當權者能夠站在同理心，正視這個問題，做到鰥寡殘疾皆有所養的安養樂園。

丸山療養院的院長柏德琳修士和他的員工合照。

不可能的任務（一）

人生的因緣聚會常是令人料想不到的事，為了申請輪椅，認識了謝樂廷神父，這次的因緣聚會影響我往後的人生。

有緣千里，相逢總有時，人與人之間的因緣聚會，是件令人難於預料的事。這次五結鄉公所通知，凡是低收入戶，家有殘障，可以申請輪椅。本來我用不著輪椅，一方面家裡沒有無障礙空間，而我的雙手又沒有力氣推動輪椅，另一方面我還可以坐小椅子行動，所以很少想到輪椅。在七十年代輪椅對貧窮的人來說仍是買不起的高價品，如果不是為了重殘的遠房叔公出入不方便，連生病都因行動不便而放棄就醫，而我剛好有低收入戶的申請資格，就是這個念頭使我不得不走一趟榮總，想不到因為這樣的因緣認識了謝樂廷神父。

本來認識一位神父是件稀鬆平常的事，但是，對我這個足不出戶的人來說是件很不尋常的事；尤其我家是虔敬民間傳統信仰，跟神父更不可能有交集，想不到這一次的北上，謝神父他受鄉公所社工林小姐請託，義務開車送我們幾個殘障遠赴榮總。「他是個很熱心的人，常常幫助別人尤其是殘障者。」社工林小姐一面對我們介紹謝神父的為人，一邊幫我把鬆開的辮子綁緊。

碧海晴天車子奔馳在濱海公路上風光明媚，海天一色水藍藍、天也藍藍，岸邊岩石林立，浪濤拍擊岩石、浪花飛濺，像一朵朵白色的煙火，環山臨海風光明媚，這是濱海公路獨有的特色。

今天是個出遊的好時光，而我卻快樂不起來，想到家人不能陪伴同行，相到不合理的申請方式，連想到貧窮的悲哀，以及生病的無奈等，愈想心愈不平衡，所謂：「醫者父母心」我不明白，榮總既然有那份美意要贈送，為何不給人方便，派醫師前來驗證，卻讓行動不便的人，千里迢迢去驗身證明領取輪椅回來。可曾想過寸步難行的處境嗎！這不是刁難嗎！如果不是謝神父的幫忙，這一趟會讓我很辛苦。想到這裡心中百感交集，不禁的的嘆息起來。

想不到謝神父的心情很陽光，一路上幽默風趣，邊開車、邊談笑風生，完全沒有修道者那種道貌岸然嚴謹的態度，把我們一張張的苦瓜臉，逗得春風滿面；社工林小姐告訴我們：「謝神父創辦惠民殘障機構立意要幫助殘障朋友，如果你們有什麼困難請他幫忙，他定會義不容辭鼎力相助。」

回來之後我寫了一封謝函向謝神父道謝，想不到他卻親自來訪。記得那是個陽光璀璨的早晨，我正在房裡看書，忽然聽到機車停在門外，一個講國語的陌生人，正和媽媽雞同鴨講，後來媽媽叫我出去，當我出去一看，原來那人是謝神父，令我訝異的是在這偏僻的鄉間，他是怎麼找到我家。

想不到老媽對這個陌生的阿突仔卻有好感，誠懇的招待他，「阿美呀，請伊入來吃茶」我請神父進來，隨意的聊了一會，當他了解我的情況以後，不時給予鼓勵，要我勇敢的走出去，他說：「腳不能走固然是一種遺憾，但是，仍有許多方法，只要有心肯向前跨越，外面有無限寬廣的路在等著你。」之後，他用行動來代表誠意，做我的雙腳，帶我參加各種活動，看盡人生百態。

這是二十幾年前，我和謝樂廷神父帶來的一群小玩童在養鴨中心裡合照，滄海桑田二十幾年過去了，這些小孩已長大成人去追逐他們的夢想。

漫遊山水間

民國七〇年代，時間是星期六，新聞媒體報導旅法的知名國畫、書法家，回國開畫展，場地是在宜蘭文化中心的展覽館舉行，並在最後一天，當場揮毫贈畫。那不就是今天嗎！這真是好消息，唉！喜歡又如何！對於不良於行的我來說無異緣木求魚，空歡喜一場罷了。

對書法、國畫不僅興趣而已，可以以「著迷」來行容，正想打消這個念頭，適逢謝神父來訪，我把這個消息告訴他，想不到他毫不推辭馬上答應我的請求驅車載我前往。

從五結到宜蘭市路程雖然不很遠，車程也得開半個多鐘頭，一路上車子飛馳，我不敢相信這一切都是真的，彷彿置身在夢中，然而車窗外不斷飛揚而去的場景，卻歷歷在目，教我不得不相信這一切不是夢境。

對於一個行動不便的人來說，即使有這樣的夢想，似乎也有些奢侈，何況是真實。想到再經過半小時，我的夢想終於要實現了，我的心卻雀躍又不安起來，就在這樣患得患失的期盼中，我們終於抵達文化中心展覽會場。

興沖沖的到來，以為夢想將要實現，誰知道展覽室在三樓，還沒有安裝電梯。對於一個坐輪椅的人來說，別說是三樓、即使一個階梯都比登蜀道還難，更何況是三樓，看來難以如願，還是

不如歸去，正想放棄，誰知神父卻另有打算，他安慰我說：「別洩氣，沒問題」看我的，我以為神父只隨便說說，哪知道他邊說邊推動著輪椅朝著樓梯走上去，我還在狐疑；他已經把我推上一格格的台階之中。這一切來得快、太神奇了，我如入五里霧中，迷迷糊糊我驚訝得說不出話來，一切令人太難以致信好像變魔術，然而神父不是個魔術師，他是誠實的人，此時正以他的力量一步步的將我推向目的地。

當我們抵達三樓的展覽室門口時，原先在欣賞畫作以及作畫的畫家，還有新聞媒體，在場所有的人，目光全集中在我們身上，一付不可置信地樣子，先是滿臉的問號，而後是驚嘆號。別說他們臉上寫滿著驚訝，連我都不敢相信，但是我們謝神父卻辦到了，這「不可能的任務」。這一切讓我更進一步的認識謝樂廷神父，原來他除了擁有一顆慈悲心外、他的智慧與力量也那麼了得，心中對他更加敬佩和感激，不僅感謝他完成我的夢想，更感激他樂於助人待人，寬仁、美善的慈悲精神。

為此，我更加珍惜，這樣千載難逢的機會，以朝聖的心情，欣賞著每一筆丹青，不僅為了自己的偏好，更是為了不負神父此番辛勞，當我正在神馳時，卻被那些媒體給包圍，使我很訝異，心想我既不是名人、更不是達官，為何要對我採訪呢！為了不想辜負此行的目的，我請神父幫我回答，沒想到，這時候那位畫家也過來，邀請我們和他一起照相，並答應當場揮毫作畫相贈。

對這突如其來的一切太令人意外，彷彿置身於仙履奇境的夢幻之中，太不可思議了。

我將永遠懷念著那個令人感動、感恩的一天，心中永遠的銘記，這段不尋常的際遇。回程時，神父問我：「開心嗎？」我回答他：「好像作一場美夢」他卻幽默的說，祝我美夢成真。

之後，對書法、國畫仍意猶未盡，買了一本範本，想好好學習。偏偏我的手已經廢了，連拿筷子都覺得費力，怎能拿筆呢！然而就此作罷嗎！我不甘心這樣放棄，總相信事在人為，只要有心努力，沒有辦不成的事，想一想還是老辦法，只好雙手並用，以左手撐住右手，就這般依樣畫葫蘆的抒寫起來。

人家說萬事起頭難，的確，首先拿筆的雙手顫抖一撇一捺，寫得歪歪斜斜，難怪老媽說我在鬼畫符，不過我相信有志者事竟成，我鍥而不捨，用土法煉鋼的方式，一筆一畫，從楷書、隸書、到行書，一步步每天寫、天天勤練，相信別人能寫，我也能，家中的舊報與新報幾乎快讓我寫完，到如今寫來不僅得心應手，還能揮灑自如呢。這時候老媽不再說我是鬼畫符，而弟弟和老爸卻認為我可以寫春聯，可見努力略有成果。

三個月後，縣府舉辦殘障書法比賽，神父代我報名參加，結果得到第三名。

雖然這樣的成績不怎麼理想，但能得到一份肯定，也是給予我最大的獎賞。有些人懷疑，我是怎麼辦到，我很清楚，這一切不是奇蹟；慶幸當時沒有放棄，才能有今天的成績。如今方能了解，原來該挑戰的不是別人，而是自己。

感謝謝神父當我的腳，在往後的歲月裡，我開始走向人生，視野變得寬廣起來，才發現原來這個世界仍然無限寬廣、有美麗，有殘缺，然而不管我們的遭遇如何，都該勇敢的面對，人生有夢最美，今後我將全力以赴來實踐我的人生。

不可能的任務（二）

要跨越有形的障礙不很難，若要除去心靈的障礙卻不容易，所以自從休學以後，除了醫院外這些年來我沒有出去過，因此把自己封閉起來，過著「山頂洞人」的人生。

自從認識謝神以後生活才有些變化，讓我有機會走出去看這無限變化的新世界，有一次他興沖沖跑來說要帶我去礁溪國小，參加由省政府舉辦的殘障運動會，今年在宜蘭縣礁溪國小舉行。當我們抵達會場時，才發現這是個別開生面的運動會，令我感到訝異的事，這世上原來有那麼多身心障礙的朋友「肢體，盲胞、聾啞」，每個人都用自己的方式在努力。

今天的氣候很詭異，上午晴空萬里，哪裡知道午後竟起了變化，原本晴朗的天空，忽然烏雲密佈起來，轟隆隆的閃電雷聲隨之時起彼落，「駭」得在場的所有團體一陣驚惶失措、很快嘩啦啦的一陣西北雨打下來，所有的參賽者，都躲在走廊發愁，這時候神父像變魔術一般，從角落裡拿出箱子，打開一看全是雨衣，大家看到雨衣如獲至寶一陣歡呼，感謝神父的神機妙算。他卻謙遜的說這種季節常有急時雨，「有備無患嘛」。原來他不僅辦活動經驗豐富，心思也很細膩，這種貼心的準備實在令人很窩心。

這時候會場上的廣播又響起，參加書法比賽的朋友請到學校的禮堂來，沒想到我的名字也在其中，正在錯愕這時候神父趕來，邊推著輪椅邊對我說：「換你上場了」我感到驚訝！怎麼會是我呢！他卻微笑著對我說：「你寫的字我都看過，我相信你有這份能力，可以代表我們惠民殘障服務中心。」若不是他趕鴨子上架，我不會參加這場沒把握的比賽。

平常在家裡憑著一股興趣，隨興寫一寫還可以，但是比賽就不一樣了，何況沒有老師指導，才練習三個月，這樣的資歷怎能跟人家比賽呢！聽說這次的參賽者都是身經百戰，學習多年有備而來，哪像我，想到這裡我是一點信心也沒有，加上自己的手連拿筷子都成問題，怎會有勝算，怎奈拗不過神父一再的推舉；說什麼要有信心，你的字寫得很好，何況我們這個團體中也只有你會寫等等，使我不得不硬著頭皮上場。

由於書寫的情形與眾不同，（必須蹲下身來用膝蓋撐著雙手，再以左手扶起右手寫字）引起記者的好奇，一時之間鎂光燈此起彼落，在我周圍閃爍不停，害我不能氣定神閒、專心一致的寫，可以料想得到，想得到好的成績也難，這一切該怪誰呢！只怪自己定力不夠罷了。

這時候天空的烏雲逐漸散去，沒多久總算雨過天晴，場上又有一場賽跑比賽即將開始，這是最後的壓軸賽，這場比賽對殘障者來說，不僅是體能、也是毅力的挑戰；然而仍然有很多人參加這種突破極限的競賽；是我料想不到的事，眼看這些參賽者各個摩拳擦掌蓄勢待發，當一聲令下，衝呀！每個人盡全力衝刺，有推動輪椅、拿著枴杖，手杖都想先馳得點，勢在必得那頂桂冠。

很快的陸陸續續抵達目的地，這時候場上還有一個選手正在跌跌撞撞努力的往前進，不知摔了幾跤，後來竟跌坐在那裡，這時候謝神父衝進跑場，對他講些話，那選手奮力爬起來之後，半走、半爬，儘管他跑得比別人用走的還慢，但是，他仍然堅持下去，當他跑到終點站的同時，全場的掌聲雷動齊聲歡呼，那樣的畫面好令人感動。

後來我問神父對那位選手說些什麼？使他打消放棄的念頭，他微笑的對我說：也沒什麼只是幫他加加油打打氣，順便告訴他，信心是成功的關鍵，相信他有能力戰勝自己，至於是否能夠贏得獎牌就不那麼重要了。

成績終於公佈了，每個人都信誓旦旦的認為自己、或自己的團體會得獎；只有我不敢有這樣的想法，對自己的成績一點自信也沒有，覺得愧對神父愧對團體，所以躲開來。這時候神父卻高高興興的跑來對我說；我們得到季軍耶，不錯、不錯。我卻覺得抱歉，對神父說：「對不起沒能拿到好成績，誰知他卻和藹的對我說；「比賽貴在運動精神，即使最後一名也沒什麼可恥，當你竭盡所能的投入比賽中，就已經充分發揮運動家的精神了；一場比賽最重要的不僅是要戰勝別人，也要克服自己、戰勝自己，這也是我帶你們出來最主要的目的。」聽神父一番話，使我恍然大悟，原來他不辭辛勞在烈日當空下奔波勞累，是為了讓我們這些身障者重新拾回失去的信心。想到這裡就使我汗顏，我怎能再抱著鴕鳥心態來看待人生呢！感謝他讓我參與這場別開生面的運動會，不僅讓我上了一課，同時，也贏得一面心靈獎牌，從此以後不再自棄，勇敢面對人生的挑戰，認真來過生活，讓生命陽光起來。

不可能的任務（三）

人因不斷的學習而成長，記得剛學習電腦的那段過程，有人鼓勵、也有人唱衰，偏偏我是個不服輸、不認命的人，越是具挑戰性的事，越想去嘗試看看。雖然對於一個長期臥病的人來說，這是一件不可能的任務，除了克服體能的不足外，還有更多的阻力須要一一跨越，如，沒辦法使力的手，不僅沒能記錄筆記，甚至於連滑鼠也沒辦法使用，不過這些對我該構不成阻礙，相信只要有心、一切都會迎刃而解。

這次伊甸福利基金會開辦電腦班、基礎學習。是想讓殘障者學習一技之長，而我為了興趣，也插上一腳。

學習電腦對從沒摸過電腦的我來說既新奇又負挑戰性，所以在過程中，總比別人要付出多一份用心，多一份努力，來填其不足。

首先必須克服的是滑鼠與鍵盤，我的雙手沒有力氣拿滑鼠、敲打鍵盤，只好用雙手拿著一根筷子敲打鍵盤，當伊甸的人員看我這麼辛苦，把這事告訴他們的林主任，林主任知道此事，馬上幫我買一個軌跡球讓我使用，並告訴我把電腦裡的小鍵盤叫出來輸入就很方便。

感謝林文明主任幫我解決輸入的問題，讓我學習又邁了一步。我們這一班有十個學生，大都是上班族，只有少數失業者，所以除了我沒學過電腦外，其他的同學都上過電腦課並且家有電腦。

所以儘管只是初級班的課程，為了大家的學習進度，老師把課程教得很快，輸入方面要我們自己練習，他開始教文書處理、excel、網頁設計等，讓我一路追趕，雖然很辛苦然而能夠學習新的知識再辛苦也值得。所以當下課同學在吃東西、聊天的時候我練習，或每次放學到惠民中心，那兒有電腦讓我繼續複習，我相信勤能補拙。

有一次吳念真大哥的採訪團來訪，得知我在學電腦、卻沒有電腦，他知道這事很快就寄來一台筆記型電腦。這真是意外，想不到吳大哥是個慈悲的人，感謝他讓我順利學習。

如果沒有謝神父風雨無阻的接送，我什麼也學不了。每天犧牲午睡，一點從羅東開車來宜蘭醫院接我上課。有一次午夜颱風過境，第二天上午仍然風雨交加，到午後陽光露臉，以為它已遠離，所以拜託神父帶我去上課。

想不到半路上它來個回馬槍，不僅狂風暴雨，還雷電交加，車子差點被掀翻了。還好神父的駕駛是一流的，才能逢凶化吉。等到了目的地，除了老師之外沒有任何人來上課，那一堂課我格外的珍惜，所以上得特別認真；而老師也教得特別勤奮。或許老天爺也憐憫我，下課的時候，它已經雨過天晴，在回家的路上，太陽公公已在那兒笑臉相迎。一路上不僅夕陽燦爛、心情也特別地陽光，那股溫馨暖暖的坎入心頭，就這樣懷抱著一抹陽光的心情回醫院。

「要想怎麼收獲，先怎麼栽。」這句名人說的話確是有幾分道理，有幾分的耕耘，才有幾分收獲，天經地義。猶記當我收到那份全班唯一的全勤獎狀時，心中竟有說不出來的感動和感謝。

這一路來若沒有謝樂廷神父風雨無阻的接送，林主任的贈送軌跡球，以及吳念真大哥慷慨解囊，送我一台筆記型電腦助我方便學習，還有老師辛勤的指導，使我順利完成這個不可能的任務。

這也證明了一件事只要有心沒有克服不了的難題，如果當初輕易放棄，那麼可能什麼事也做不成。如今已領略它的成果，寫作、寫信的方便，以及網路無限寬廣的知識領域。我真的好感謝，原來人間處處有溫情。

杏林春暖

我想人的因緣聚會，也許是老天刻意安排，這一生當中我很幸運的認識三位仁心仁術的好醫師：馬仁光、高克培、陳仁勇醫師（依年齡秩序排列），他們不僅醫術精湛，最令人敬重的是他們都有一顆寬仁美善的仁慈心腸，這也是我最感謝老天的賜福。尤其是陳仁勇醫師，他影響我往後人生；這一路來多虧他的支持與鼓勵、細心的指導，我才能重新執筆寫完成書，來實踐我的夢想。

馬仁光醫師來自義大利，是天主教靈醫會的修士，也是蘭陽地區內科權威醫師。聽說五、六〇年代還沒有預約掛號這檔事的時候，人們想給他看病就得一大早四、五點起床，到聖母醫院排隊，若去晚了怕會掛不到號。當時的聖母醫院外科有范鳳龍大醫師，內科有馬仁光醫師是聖母醫院的兩大名醫，也是鼎盛時期。

在我還沒有認識馬修士以前就有人告訴我，他是個醫術精湛卻是個怒目金剛嚴肅非常的人。人說百聞不如一見，當我去給他看病的時候，所見到的他卻是一個慈眉善目和藹親切的人。

當他看我這付病懨懨的德性，除了一再叮嚀要我多注意血壓，感覺比較囉嗦外，就像一個仁慈的長者一樣的關心晚輩，那時候還沒有健保，每次看完診時他都會減免一些費用，並囑咐身旁的護士，拿一些營養品送給我。叮嚀我：「你要多吃些，血壓太低了，會有危險喔。」我問：「吃這東西會胖嗎」他卻說；

「喔！放心，再怎麼胖，那個門也過得去，沒關係。」原來他不只慈祥而已，也懂得幽默，後來從一些殘障朋友的口中說出，才知道他對弱勢者、都會付出多一點的關懷。喔，感謝上主，在此我又榮幸的認識一位仁心仁術的基督徒。

高克培醫師，他是榮總神經內科專研罕見疾病「肌萎縮症」的專科醫師，是我住榮總時所認識的醫師，經過這些年來對他的認知，我發現他是一個坦率又熱忱的人，難能可貴的是，雖然是大醫院裡的大醫師，卻從來不耍大牌，待人親切隨和，這是我敬佩他的地方，尤其對我這個來自鄉下的小女子，他卻從不鄙視，反而給予鼓勵。感謝他在我最低潮，對病情、生命感到絕望的當時，對我伸出友誼之手，鼓勵我，讓我逐漸走出那段黑暗時期。

當他深造完成，從美國回來的時候，仍然記得我們這些病患，邀請他的美國教授回國來為我們看症，儘管對病情並沒有突破性的發展，但是我了解他已經盡力了，因為這是一種難搞的病。

這些年來由於生活困頓，所以有好幾年沒有跟他連絡，然而我仍然可以從一些認識的，或不認識的朋友口中，聽到一些有關他的消息，都說他醫術如何精湛，為人如何的仁慈，很有愛心等。每當我聽到這樣的話、竟也欣慰起來，原來我沒有看錯人，他仍然是我當初所認識的那位仁心仁術的好醫師。

良師益友

朋友說他是個良醫，看病不會三長兩短。

一位殘障朋友說，陳仁勇醫師為了幫他治療褥瘡，跑遍了賣場，買來一個又一個軟墊，直到適合可以讓朋友坐得舒適為止。

阿姨信誓旦旦的跟老媽說：「阿姐您去嘛，聖母醫院那位陳醫師非但醫術精湛，人也很好，很有醫德您放心，他會聽您說完病情，不會像別的醫師罵您囉嗦。阿姨說話就是這麼直接，媽媽白她一眼。

舅媽也接著說：「去啦他醫術、醫德都很好，我這老毛病被他治療，已經好很多了。」

老媽終於被說動了，那天一大早就叫老爸載她去羅東聖母醫院給陳仁勇醫師看，這次整個情況都改觀，不像過去，每回看病回來總是抱怨連連，說醫師嫌她囉嗦，不聽她講完病情。這次不但精神抖擻，還能和老爸說說笑笑。她有感而發說道：「陳醫師的父母親一定是上輩子做許多善事，燒好香、才能生出那麼好的孩子。」聽老媽這麼說，看來我們姐妹們要多多反省、多多加油才是。

這個醫師真不錯，才能使老媽、以及那些婆婆媽媽佩服得五體投地，對他的好奇多於看病的因素，我很想見這位醫病如親的史懷哲。

那天我像往常一樣事前就預約掛號，看準了時間才到醫院，要來之前那些姐妹淘就對我說給陳醫師看，要看準時間去才不會久等，因為他不像一般醫師，為了趕時間，就草草了事，他看得很仔細，不會馬馬虎虎。

儘管我按時抵達，候診室仍然充滿人潮，於是神父先行離去，他要去看復健科。眼看著別診的病人一個個進去很快就出來了，而給陳醫師看的病人一進去看便隔了好長的時間才出來，難怪他會得到那麼好的評語。不過我喜歡這樣的等，一個醫師都能夠為病人付出他的愛心，身為病人的我等一等又何妨。

在等待的過程中看一些病患相互交談著彼此就醫的心得，甲對乙說：「我這是老毛病一碰到起風下雨就酸痛，不來找陳醫師就不行。」這時候乙發言：「我也是，中醫西醫找透透，後來有人報我來找陳醫師，說他的醫術與醫德攏真好，果然呼伊看了後好很多了。」接著陸陸續續別科的病人都走光了，唯獨這科仍然有人等著，看這些人來的時候憂心忡忡，看了以後如釋重負眉開眼笑的走出來，我不知道這是什麼樣的魅力促成，很想一探究竟。

我的號碼終於到了，這時候謝神父趕回來推我進去，卻看到這一幕，一位白髮蒼蒼的歐巴桑在尋問陳醫師，「我這老毛病是不是好不了。」陳醫師很有耐心和顏悅色的回答她：「您放寬心，別煩惱，只要按時吃藥就會有效果。

接著她又一個問題接著一個問題問下去，說來說去都是大同小異的問題」當那位老人還要問下去，等在一旁的女兒已經不耐煩了，阻止她，您已經問好多次了，別再拖著陳醫師，他還有病人在等。

經他們這麼一說老人才抬頭看看我，不再問下去。等我看完出來的時候已經華燈初上，神父幫我去拿藥，我則等候在空盪盪的候診室裡，四周靜悄悄的好安靜，忽然那道診療室的門打開了，我以為自己是最後留守在這裡的人，卻忘了診療室還有陳醫師，他很訝異問我：「你怎麼還沒有回去，須要幫忙嗎？」我回答他：「謝謝您，我等神父拿藥回來。」

我看他好像很累，邊整理手邊的東西，邊和我交談，忽然閃過一個念頭，我不是一直在找一個值得信賴的人，並能夠指導我的人嗎？所謂良醫良相，他是個仁德賢能的人有著寬闊的胸襟，必有獨特的思想。

眼前這個人不正是我夢寐以求的良師嗎？所謂：「夢裡尋他千百次，驀然回首那人正在燈火欄柵處。」那時候不知道哪裡來的勇氣，心念一轉把我的須求告訴他，他稍微思考片刻，就點頭答應，真是出乎意料，我們互相把網址留下便互道再見。我高興得整個心都飛揚起來，步出醫院的時候已經華燈初上，星星亮閃閃崁在天空，微風吹拂覺得今晚的夜色好溫和、好美，而此刻我心中正點燃一盞夢想的燈，如今有人要幫我，我將放膽的寫，我將此事告訴朋友，她卻潑澆我冷水，教我別異想天開，不以為然的說：「醫師的時間寶貴得很，怎麼會幫你，也許只是隨口說說妳也當真。」我說：「不，我相信他重信諾，不是那種信口開河的人。」當我上網時赫然發現他已寄信過來。果然我沒有看錯人。

我好高興，趕快把寫好的稿子寄給他，隔了沒幾天他來電告訴我：「已經修改好了，什麼時候過去方便。」於是我們約在教堂見面，當他把修正的作品放在面前，並幫我講解的時候，如被醍醐灌頂，才知道我的粗心，他的細膩。他的見解不凡、心思細膩切人重點幫我釐正哪裡須要加強，哪裡須要截長補短。此時的我彷彿再度入學，重溫起學生時代那份溫馨，且有一個賢良的老師正在為我認真執教，可惜他所教的是個不怎麼聰明，但會認真學習的笨學生。

這一路來每當我寫作遇到瓶頸，或生活困頓，心灰意冷的時候，他總是為我加油打氣，有一次電腦壞了他幫我拿去送修，結果修理費太貴，他卻幫我買一台全新的筆記型電腦給我，他說：「工欲善其事，必先利其器，既然你須要，那就好好應用它。」

聽他這麼說，除了感激更是銘心，遇到像我這麼難搞的學生，若是別人早已放棄，慶幸的是他始終如一沒有放棄，他耐心的指導，我用心的寫，終於完成這本自傳。並把這本書交給出版社，約簽了，出版的日期也定了，想不到出版社卻在此時出狀況，財政出問題，書不出版了，接到這消息使我整個心跌到谷底，不眠不休費盡心力努力的寫，所得的結果卻是這樣，我好不甘心。

這時候他卻教我收拾悲傷的心情，建議我重新整理，面對著這樣真摯的朋友，我還能消極下去嗎！收拾好心情我把作品重修，整個夏季裡他犧牲假日來幫我重新整理。你可以在醫院的病房裡看到一個老師，正為他臥病在床的學生認真的指導，在他積極著手進行下，使我的作品展現了新的內涵與風貌，感謝他無怨無悔的付出，才有這樣的成績。

過去以來一直以為老天無情，漠視我一身病體終生癱瘓在病床上，孤伶伶殘存在醫院中，對我好殘忍哦！想不到祂也有仁慈的一面，讓我遇到最好的人，好的朋友來幫助我追求夢想、實踐夢想。

這一路來幸好有他扶持，我才能夠追求夢想，我知道如此的恩澤這輩子是沒辦法還他，只好認真的寫，再接再厲的寫。哪怕只剩下一口氣，也要撐下去，只是，不知道這樣的盛情用幾輩子才能還得了。這一生，生病是我最大的不幸，卻也因為這一場病，使我認識仁心仁術的良醫，這也許是上主垂憐才把世上最好的醫師介紹給我，並與我為友。心中有著滿滿的感謝，如今只好對上主說，一切感恩。

我現在了解，為什麼媽媽每次給他看病，總是那麼高興的對陳醫師稱讚不已，他的確是個令人敬佩的好醫師，難怪媽媽和那些親朋好友們對他那麼景仰原來她早已就看出他的寬仁美善。如果老媽在天上知道陳醫師這樣的幫我，一定很感謝、很欣慰。媽媽請您放心吧！我會繼續努力，直到我嚥下最後那口氣。

從二〇〇八年的夏天，我的良師益友陳仁勇醫師犧牲他的假日，來病房裡指導我。這一路來幸好有他的鼓勵與支持，我才能順利的完成這本自傳。

分享

人生的際遇變化無常，從沒想到有一天我會分別在宜蘭監獄，以及羅東高中的講堂；面對著受刑人，和這些充滿朝氣的莘莘學子，一起來和他們分享我的人生歷程。

監獄之行

人生無常，你永遠不知道下一刻會是什麼樣的場景，一個重症者怎麼可能去監獄那種地方，不知情的人還以為我在說夢話呢。其實監獄之行，連我也感到意外，而且是以輔導者的身份前去，更是料想不到的事。

記得那天，修女帶著院牧部的幾位小姐上山來幫病人們講解「聖經的道理」，閒聊間，她問我敢不敢去監獄幫犯人作輔導。我隨口回答：「又不是什麼龍潭虎穴有什麼不敢呢！只是，恐怕自己沒有什麼能力去幫助他人，到時候誤人誤己」想不到修女卻說：「你本身對抗病情的奮鬥過程，就是一本最好的教材；讓他們了解對生命的珍惜與尊重，有了正確的理念，才有正確的人生方向。」修女說服了我，為了完成這樣的使命，為了不負眾望，我告訴自己要有信心，儘管這是一項新鮮體驗，希望能夠順利完成，才不會辜負修女們的祈望。

第二天風和日麗，一大早車子就來接我，我們一票人浩浩蕩蕩的往監獄前行。看他們每個人胸有成竹輕鬆自在的模樣，似乎有備而來；使我原本懸掛著那顆心也放鬆下來；一路上不斷的祈求上主給我智慧與力量，能夠說服那些「兄弟姐妹」幡然醒悟。到了監獄才了解什麼叫作銅牆鐵壁，要進去裡面實在不簡單，層層疊疊的關卡，如果沒有獄警的協助根本是寸步難行，多虧這些警察先生一路相挺，幫我又推、又抬、坐輪椅的我，才能夠長驅直入暢行無阻。

抵達監獄的輔導室，輔導長帶領我們到教室，學生已在那邊等候多時；修女把我介紹給他們認識時，我所看到的是一張張訝異的臉，這是我意料中事，一個坐輪椅的小女子竟來到這裡，會見這些曾經叱吒風雲的大姐、大哥，且要在他們面前談經說教，怎能不震撼！其實對我又何嘗不驚訝於自己的際遇。

這時候我好奇的想看看這些曾經誤入歧途的迷途羔羊，是什麼三頭六臂，和一般人有什麼不一樣；然而，當我仔細看這些人，除了渾身的龍鳳刺青外，與別人沒什麼不同；像一般學子一樣，此時正以謙卑的心情，聚精會神的在聆聽老師的教誨。

這時修女介紹完畢，換我講課的時候，他們似乎顯得意興闌珊，了無意願。我對他們說：「我是一個罕見疾病患者，全身癱瘓，隨時受死神的威脅；也許因為這樣，使我對生命有著更多的期許與珍惜，努力生活、認真地過人生。」

不管他們願不願意聽，我仍然很用心的談起自身的遭遇，與講解聖經的道理；想不到原本意興闌珊的他們，此時紛紛拿起筆記本，聚精會神的作起筆記。此情此景，使我想起「浪子回頭金不換」，人非聖賢、誰能無過，原來頑石也會點頭，這是令人多麼欣慰的一幕啊！覺得這一趟來對了，再辛苦也值得。

回想這一路過來修女所說的話：「我們要拿出誠意來，幫助這些人修補良知的缺口。」我想，我已了解修女的用心，喚醒一個人的良知，比做什麼公德都來得重要。希望這些人能夠懂得神父、修女們的一番苦心，重新尋回自己的良知、做好自己；看他們那份虛心求教的態度，我想，我們的付出已經得到共鳴。

回程的時候發現走廊上的盆栽正春花怒放、迎風招展，才發現原來監獄裡頭也有春天。看來人只要有心就有希望，感謝修女們讓我參與這項有意義的任務，使我了解原來能夠付出也是一種幸福，這次的監獄之行，讓我成長不少，感觸也良多，隔了一道牆，世界卻不同，有智慧的人類啊！作事之前是否該三思而行。

哦！陽光綠野，車子飛馳在回家的路上，剛完成一件任務，大家的心情都很開心，此時連司機先生也唱起「奇異恩典」，於是大家也跟著合唱起來，這趟的牧靈之旅，使我的視野更加的寬廣，相信今後對於人事的看法與認知也不再莽莽撞撞。這一切真是上主賜給我的奇異恩典，讓我再度肯定生命的價值與意義、覺得好豐收。

和高中同學的座談

人生像一場競賽，奮力向前，只是不知道該超越的是別人，還是自己。

我告訴這些學生，人不怕跌倒，怕的是沒有勇氣爬起來。而我有別於別人的是勇氣，卻沒有力氣。所以每次跌倒的時候總是告誡自己，下次要更小心一點，偏偏一次次倒了又倒，那時候才了解身不由已的無奈。

儘管如此我依然堅持，明知道這樣幫不了什麼，怕只怕一旦放手鬆懈下來，失去的不僅是意志力，而是整個人生。阿嬤說：

「一枝草一點露」她要我相信人活著總有一些價值，而我總是相信阿嬤，無論病情惡化到什麼樣的程度，都要努力的堅持，那也是我僅有能夠為自己所盡的一點本份罷了。

當我面對這些學生的時候，心理所想的是能夠給他們帶來些什麼呢！這一生背負著生病的行囊，挑戰貧窮、絕症，恐懼著、無助的憂傷，不斷的在掙扎，只靠著一股不妥協的意志力撐下去，這樣的我還能夠給他們帶來一些什麼呢！而我除了一股不認命、不服輸的執著精神外就沒有什麼啦。

一直以來順境也好、逆境也罷我都在堅持，所以當學生問我，面對沒有醫療可治的疾病是怎麼熬過。

一時之間百感交集，生病是件寂寞的事，除了自己別人是感受不到那份深刻的煎熬。

人處在逆境的時候才能夠體會人間的冷暖，老師同學遠離、親戚朋友淡了，甚至有些人還說長道短，以因果論是非，說我，不是前世作惡，必也是祖先無德。沒想到生這場病也招來前世因果；這時候才體會到迷信的可怕，以及知識的重要。從那時候開始就下定決心，不管在任何困難的情況下都要讀書。然而面對著逐漸沉重的病情，不想把它當一會事也難，阿嬤卻有她的看法，她說佛教的六祖禪師有句偈：「菩提本無樹，明鏡亦非臺，本來無一物，何處惹塵埃。」當時並不知道它的含意，隨著年齡增長，那意識才漸漸清晰起來，原來阿嬤希望我轉換心情，她說：「身上所背負的十字架，也可以轉化成項鍊的墜子。」只要有心沒有辦不成的事。感謝阿嬤的苦口婆心，終於讓我這個頑靈不敏的人打開心房。

那時候剛好老爸和舅舅合伙組織「牽罟」傳統魚撈。老爸只有受過日本教育，對於中文所知有限，所以抄寫的工作，只好由我代勞。

漁民的工作風險很大，經年累月都在海上搏命，過那種驚濤駭浪的生活，偏偏民風閉塞，禁忌多，對保險更有所忌諱。為了說服他們、幫他們寫申請書，費了好長一段時間才完成，雖然忙了一點，但，那段日子卻過得很充實。然而好景不常隨著海洋的資源逐漸枯竭，傳統的魚撈「牽罟」也因此沒落，大家紛紛出外各尋出路。老爸也回歸田園。

我終於了解原來這就是人生的風貌，「起伏不定變化無常」。而我的心情呢，記得蘇軾的定風波詞是這樣寫的：「莫聽穿林打葉聲，何妨吟嘯且徐行。竹仗芒鞋輕勝馬，誰怕？一簑煙雨任平生。料峭春風吹酒醒，微冷，山頭斜照卻相迎。回首向來蕭瑟處，歸去，也無風雨也無晴。」把心靈打開以後，生活也比較輕鬆自在。

磨練可以使一個人成長，憂傷過，是一天，快樂過，也是一天，只好坦然的繼續接受上天對我的考驗；當我不能站起來走路、就蹲下來行動，不能夠上學，在家自修。像過河的卒子，只有前進、不能退縮；如今我與生命拔河所能做的是用心行動，著手來實踐我的夢想，且在心靈上安插翅膀，讓夢想，想飛就飛，想做就做，在沒有藩籬以後，我的心靈更自由。

我告訴學生，這場與生命的拔河賽，沒有誰輸誰贏的問題，關鍵在於堅持到底而已，雖然到後來才知道所得的是罕見疾病——「進行性的肌肉萎縮症」，那又如何，畢竟我努力過。想不到當這些學生知道我在寫書，竟然紛紛的說要幫忙，有的想幫我整理、有的想幫我輸入，有的想幫我插畫。看到這群熱忱的學生對我的支持，使我感覺好溫馨、好感動。本來的目的是想幫他們打氣，想不到反而受到鼓勵。

感謝他們對我的關懷，與鼓勵讓我這顆滄桑的心靈頓時覺得溫暖起來；原來這一路走得並不孤獨，我所做的努力與奮鬥，仍然獲得肯定與支持。如今我想跟他們說：「希望你們能夠珍惜現在所擁有的，努力打拚，開創錦繡前程，相信只要努力以赴，不管將來的成果如何都不會後悔。」畢竟我們曾經努力過。

感謝曾經邀我到監獄演講的神職人員，和羅東高中的師生讓我有機會和這些莘莘學子笑談人生，共築夢想，看他們每個人意氣風發，相信不管將來是讀書還是就業，必是社會的精英、國家的棟樑。

回想那些坐監的朋友，諒必曾經也是前程錦繡的學子，卻因一念之差，誤入歧途把大好的前途給斷送，不知道他們有沒有後悔。其實誰能無過，重要的是懂得反省、懂得知錯。

社會上有太多的陷阱與誘惑，難怪有那麼多人會紙醉金迷，會沉醉權勢名利。也許這些東西都很令人嚮往，而住久了醫院看盡了人生無常的我，卻另有想法，當一個人躺在床上、病得動彈不得的時候，即使擁有再大的權利、再多的富貴，仍然使不上力、幫不了忙；那時候你會發現原來人生的可貴並不在此，方才體會那繁華如夢，權利富貴如浮雲。其實慾望多、煩惱也多，權利財富不一定使人幸福；有時候簡單的生活，也可以使人活得快樂。人重要的是懂得珍惜，做個知情、惜情的人，疼惜生命，善待人生，這樣的人生也許沒有想像中的美滿，但，不會有憾。

回程時全體師生送我們到校門口，依依不捨各道祝福，謝謝他們給我這趟溫馨之旅，除了衷心為他們祝禱前程錦繡；心中默禱希望這些學子奔赴前程以後，都能夠為這個社會的精英。

我的母親

一個家，有一個重症的病人已經很不幸了，偏偏我的家除了我這個超級病號外還有老媽，媽從五十歲以後就疾病纏身，這些年來她的身體常常出現狀況，除了難纏的糖尿病外，還有高血壓等其他疾病，我們全家都很擔心，深怕她和三姨媽一樣因糖尿病導致雙眼失眠，所以常常為了控制她的飲食和她起爭執，每次阻止她少吃一點，總是惹她不高興，她老人家自有一套控制飲食的人生哲學，凡是喜歡的東西她就百無禁忌隨興多吃一點，她常說如果連吃東西也受控制，那人生多沒趣呀，對她真的沒辦法，家中也只有我這個管家婆敢跟她據理力爭。

那時候她的身體時好時壞常常跑醫院，而我的身體也每況愈下摔倒的次數也愈來愈多，卻沒有力氣爬起來，我們母女倆一直在努力的與生命拔河。

自從阿嬤過世以後，弟妹又出外求學、就業，家中就只剩下我與父母，所以老媽上醫院我就擔心，有一次從廁所出來一不小心竟滑倒，真是呼天、天不應，就這樣趴在地上兩、三小時等爸媽回來，整個身體的感覺四分五裂已非我有，除了酸、痛、麻再也沒有一處覺得正常。這時候我懷疑天地間是否真的有鬼神，怎麼忍心看我受這樣的折騰，耳邊傳來北風呼嘯的聲音，卻連個鬼影子也沒有。

另一方面也擔心老媽，每次上醫院不是氣呼呼的回來，就是愁眉苦臉。原因是老媽那性子，碰上每位醫師都會細說從頭，否則她會認為敷衍了事不能信賴，然而在這分秒必爭的年代裡，有哪個醫師肯付出一點時間，用心去聆聽一個病

人的生病歷程呢？因此每次看病回來總是愁眉苦臉。

有一天奇蹟出現了，她從聖母醫院回來笑顏逐開；一進門看她滿心歡喜大包小包的拎進來，我不可置信的問媽；「今天是什麼好日子？」老爸卻代老媽回答，你媽今天比中獎卷還高興，碰到一位無論修養、醫德、醫術都好的好醫師，不但能夠聽她細說病情，還不時的安慰她。難怪老媽那麼高興，不斷的對我誇讚她的救命天使。能夠讓老媽佩服得五體投地的人，實在不簡單，單憑這一點我就很佩服，感謝那位醫師帶給母親的信任與尊重。

之後媽媽對醫師的信任才漸漸建立起來，這要感謝媽媽口中那位「好醫師」陳仁勇先生，他是聖母醫院神經內科醫師，後來我也認識他，並且有此榮幸受他的指導，才能順利的開發我的寫作生涯，跟他相處久了，越覺得老媽說的一點也不誇張；他的確是一位仁心仁術的良醫，感謝上主派遣這位天使來幫助我們母女。讓媽媽不再因生病尋醫而驚慌，而我的寫作生涯也因他的諄諄教誨而進步，感謝陳仁勇醫師這一路的支持與鼓勵，讓我能夠持續下去。

天上人間

有人說福無雙至禍不單行，剛離開丸山受了生離之苦，想不到沒多久又傳來母親病危的消息。記得每次回家看她的時候總覺得媽媽又蒼老許多，她常對我說：「阿美仔，我大概活不長久啦！身體總是這邊痛、那邊不舒服。」一身是病的我，其實很了解媽媽的心情，對於病情的無奈與惶恐；然而我所能做的除了安慰她、教她按時吃藥外，便束手無策，心中除了愧疚便是無奈，只好請爸爸多注意媽的身體，必要時帶媽去給醫師詳細檢查一番。也許那時候已有徵兆，是我給忽略了，沒有聽出母親的心情，如今後悔莫及。

生病是件很寂寞的事，這些年來我感受很深，看母親疾病纏身讓我們這些子女看在眼裡痛在心理，只好祈求上天憐憫保佑。

誰知道，不該來的還是來了，沒想到這一天來得那麼快，那天表嫂匆忙趕來，要我回家勸媽媽住院，我才知道事態嚴重，我了解媽媽的個性，不到病情危急是不輕易住院，趕緊跟表嫂回去，哪裡知道一到家門口，卻見大門深鎖，不見爸媽的蹤影，一股不祥的預感浮上心頭，尋問鄰居才知道媽媽人在醫院，等我趕到聖母醫院，媽已經被送人加護病房。姐妹弟弟們接獲消息也都紛紛趕回來，大家守候在加護病房門外為了看母親一眼，曾幾何時母親在家門守候切切盼望，是為了等候我們這些子女回家，如果現在她看到我們姐妹都守候在她身旁，不知她會有多麼高興。為什麼人總是在生命最後一刻才懂得反悔。

在加護病房裡我看到陷入昏迷的母親，整個心都糾在一起，不斷的祈求上主再給我們姐妹一次孝順的機會，然而任憑我們姐妹怎麼呼喚，媽還是沒有回應，憂心忡忡的離開加護病房，不知道下次是否還有機會見到平安的母親。

當我再次探望母親的時候，母親已經轉到普通病房，興沖沖的趕到病房一看，才知道母親已經變成植物人，一時之間我沒辦法承受，去正視眼前這一切，潛意思裡希望這一切都是夢境，等夢醒了，媽媽依然安康無恙，依然在家守候，無論我們姐弟妹什麼時候回去、隨時都能夠看到平安的母親。

記得往常回家的時候，總是看到媽媽坐在客廳的沙發上，問她為什麼不去床上休息，她卻說坐在這裡可以第一眼看到你們回來，聽得我好慚愧好心疼，原來這就是母親的心情。回想以往每次弟妹回來，當天媽媽的身體就恢復過來，一大早就起來，邊做早餐邊叫老爸去羅東市場買一些弟妹們所喜歡的菜回來，再精心製作一道道可口的拿手菜，如果哪個無知的傢伙沒有味口，那時候老媽就緊張起來，頻頻追問，怎麼沒胃口，那裡不舒服啊，身在福中不知福的我們，直覺得她很囉嗦，卻從沒有去體會她的心情，想到這裡覺得很內疚。

如今想來能有媽媽那樣的囉嗦也很幸福，可惜往事已亦，「此情可待成追憶，只是當時已惘然。」現在去哪裡尋找媽媽的味道與囉嗦。

媽媽這一生並沒有過多少好日子，雖然出生在地主家，「上有七個哥哥、四個姐姐」排行老么的她不但沒有得到寵愛，一出生就被外公外婆送給別人當養女，所幸她的養父母很疼愛她，但隨著弟妹相繼出生以後，她必須負起長姐的責任幫忙養父擔起家計，直到她嫁給爸爸為止。

然而一貧如洗的爸爸所能給予媽媽的大概除了愛、就只有兩袖清風、其他什麼也沒有，所以當她向養父母說，想要嫁給老爸的時候，很顯然的受到生、養父母的反對，並要將她嫁給有錢的地主，然而不管外公、外婆怎麼反對她都無動於衷，為了愛，她意無反顧，什麼富貴榮華都拋諸腦後，甘心和她所愛的人同甘共苦。

媽媽大半生涯都在貧病交迫中度過，等我們長大逐漸擺脫貧窮，她卻被糖尿病所苦；媽媽是個很傳統、又宿命的女人，為了香火傳承不惜冒生命的危險，阿嬤說媽媽每次生產都會血崩，生命是從鬼門關撿回來。生了六個女兒之後仍然不死心，皇天不負苦心人；總算到了第七個讓她如願以償。

她這一生最感驕傲的是生一個兒子，而弟弟並沒有讓父母失望，不但孝順並且出類拔萃很會讀書，這也許是上天給我們窮人家的恩典，弟弟長大之後考上大學、再上研究所，拿到博士學位，可以說，給我們家帶來了榮耀的光環；從此爸媽在鄉親面前總算可以抬頭挺胸。

近年來當她可以無牽無掛享受天倫的時候，想不到卻走得那麼突然；現在才體會什麼叫做「樹欲靜而風不止，子欲養而親不在」的悲慟。我們相隔人間天上，如今所能做的就是默默的為媽媽祝禱，希望她在天之靈得享平安。

病房手札

忘情

我不知道我是誰？這是失智的老人常有的狀況，院裡又傳來阿惜婆婆不見了的消息，這回不知道又躲到那裡去了，她常搞這種躲貓貓的遊戲，害得人心惶惶，此時正發動全體護理人員院裡院外，山上山下逐一搜尋。

有人說學會了「忘我」就得道。然而對阿惜婆婆來說，她修不了「道理」卻已經學會了忘我。這對她來說不知道是老天的眷顧，還是凌遲。

自從丈夫過世以後，留下五個還未成年的兒女，以及幾分不起眼的水田給她。原本軟弱凡事依賴丈夫的她，為了扶養兒女變得堅強勇敢起來，懂事的長子，才十四歲就懂得幫忙家計，犧牲學業與母親撐起這個家的重擔，為了討生活母子什麼辛苦的工作都肯做，當歲末寒冬母親以已經龜裂的雙手，蹲在溝渠旁為別人洗衣，或在田園裡幫忙農務。而那孩子卻讀完初中就跑去工廠做童工，直到弟妹完成高學歷為止。

阿惜一直都跟著大兒子住，現在她可以不用再操勞工作，可以安享天倫了，誰知道人一鬆懈下來就變得糊塗起來，過去無論心算、或記憶力都強，那些姐妹們都說她精明能幹有生意人的頭腦。可是最近做起事來卻丟三落四腦袋空空糊思亂想起來。這不知道這是第幾回了，忘了關掉瓦斯爐差一點就把房子給燒了，做兒子的感慨說，如果不是夫妻都要工作，也捨不得把母親送來這裡療養。

阿惜婆婆長得慈眉善目福福泰泰很慈祥，見到人，不管認不認識，都對人家說吉祥話。她被送來的時候思路已經開始脫序，除了她的長子外幾乎誰都不認識，平常不僅丟三落四，也常走錯房間睡錯床。不是不時的吵說沒吃飯，就是以為吃過，什麼都不吃，工作人員看她這樣總是好說歹說的騙她多吃一點。

心情好的時候她會哼唱一些歌曲，心情不好就把人躲起來；因此常把工作人員搞得人仰馬翻。有一次她神神秘秘跑來找我，並把水壺放進我的衣櫥裡，叫我別告訴別人。後來護士小姐要幫她裝水，才發現茶杯不見，我告訴她，茶杯在櫥櫃裡，誰知道當她拿出來卻大聲唉叫，大家被這突如其來的狀況嚇一跳，但見她氣急敗壞的一路嚷嚷，指著水壺，你們看，唉呀！原來水壺裡裝大便，難怪她如此驚訝。這樣的事常有，每天都有不同的狀況發生，護理人員必須隨時作好準備。

她兒子說；母親發病已經有一段時日了，剛開始以為健忘是老人會有的狀況，沒想到愈來愈嚴重，都怪自己的疏忽。他神情痛苦自責著又說：父親很早就過世，母親含辛茹苦的把他們幾個兄弟姐妹扶養長大，如今他們有能力侍奉，母親卻偏偏說著他的眼眶泛紅，接著無語的嘆息著。

其實失智的老人會有去老返童往回走的現象，這一次又把大家搞得翻天覆地，看來又是她的「差不多哲學」在作怪，每次睡錯床的時候都會說：「每一間病房、每一張床，看起來都差不多；人生嘛！何必那麼計較呢。」我想這一次也不例外，又不知逃到那裡去了。果然，當大家找得人仰馬翻之際，她卻一副無所事事的樣子，神出鬼沒不知道從什麼地方鑽出來。

這已經是司空見慣的事了，混混沌沌不知所為，他們的行為愈來愈孩子化，這是失智的人可憐之處，對於這些老人除了付予愛心、好好的看護著他們外，是沒有其他的辦法可以改善的。如果可以，請在人生最後這一段好好的陪她一程吧。

浴火鳳凰

醫院在入夜以後很快就趨於寧靜，除了微弱的呻吟聲、鼾聲，還有長廊上護士小姐的推車在咯咯作響。從表面上看似平靜的病房，其實一點也不安寧，住在這裡的病人，每個人似乎很羸弱，瀕臨垂死的狀態，其實他們比誰都堅強，像一個英勇的戰士一樣，無時不在捍衛他們的身體；此時體內正在發揮極力，每個細胞都沒有閒置，正在守護疆土不讓任何敵人侵略。這是一場與死神拔河的生戰，別小看它柔弱不堪的身體，拼起命來卻變得那麼勇敢、堅強。或許這是人類求生的本能吧！因為不成功便成仁。醫院成了生死的轉運站，是起點、也是終點；有人在這裡生，也有人在這裡死，贏與輸之間僅在一線之隔，卻是天上人間，是宿命還是毅力能決定生死，只有天知道。

住院以後，很怕夜晚的來臨，不是害怕暗夜的黑，而是害怕第二天醒來時，病友又少掉一個，那份失落感很難釋懷。說來慚愧生病多年仍然學不會放下、學不會看破生死；每晚臨睡前，總是默默的祈禱，希望今夜是個安寧的夜晚，雖說有病但求無災，祈求大家平安。

當我正在默禱時，隔壁病房傳來一聲聲淒厲的哀號聲，劃破整個病房的寧靜，那驚天動地的哭號，彷彿要把所有的怨氣都釋放出來。是誰呢！莫非是傍晚住進來的新病友。

夜深了，明月高懸冷看人間滄桑，那人還在哭著，不過已從先前的激動，轉為低泣。這樣的夜晚很熟悉，記得當初被醫師宣告得了不治絕症，也是這樣的情景，一時之間天旋地轉幾近崩潰，經過好多個不眠的夜晚；千頭萬緒那種失魂落魄的滋味，如今回想仍然覺得難受。然而人就是這樣，經過一番寒徹骨之後，才能夠得以成長，學會了該放下些什麼，該珍惜些什麼。所謂：「行到水處，坐看雲起時。」想開了、放下來，一切的傷痛就不會再那麼深刻。

第二天，我請護士小姐推我到隔壁病房探訪，抵達時一個中年婦人過來招呼，一見到我們來訪，一再表示歉意連聲對不起：「昨夜驚擾大家，請見諒。」我對她表明來意說：「喔！別這麼說，我是來看你們有什麼須要幫忙的地方。」婦人知道我的善意，方才放下心來，原來稍早已有人過來抗議，她歉然的含著淚說：「這一場無情的車禍，幾乎剝奪她的一切，男朋友死了，健康沒了、有全身癱瘓的可能。這個孩子所遭遇的一切已超過負荷，因此隨她盡情的發洩，我也不忍心責備，實在很抱歉。」說著又感嘆起來，接著又說：「都怪我沒有盡到母親的責任，如果當初多關心督促她一點，讓她覺得家有溫暖，也不會一直想往外跑，造成今天的悲劇我難辭其疚。如今後悔一切都嫌太晚了。」

聽她沉重的告白，又看著躺在床上稚氣未脫的女孩，我的心情也跟著沉重起來，我對她說：「請別放在心上，相信大家也能夠體諒。回頭我會跟其他人說去。」心中篤定一定要盡我的能力幫那少女擺脫宿命的桎梏，一個花樣年華的生命不能讓她輕言放棄。

生病以來對人生的看法有了更深刻的體驗與感觸，所以對於那種無助的心情很能夠體會，因此許願想要為那些重症的病友盡一點力量，誰知道做起來才發現心有餘而力不足。儘管所能作的有限，即使作個精神的啦啦隊，我也要盡力的幫他們加油，多給他們一點愛、一點關懷。

之後，我常去探望，她總是愛理不理很冷漠，然而不管她理不理我，愛不愛聽，我都對她表示友好。相識之初，對於我的一番誠心，她似乎無動於衷。

偏偏我是個既執著又雞婆的人，一旦認定該作的事，便一無反顧執行到底。所謂精誠所至金石為開，後來當她知道我也是個無可救藥的絕症患者時，她的態度轉寰、也開始和我聊起來了，漸漸的我們成為無所不談的好朋友。

在一次交談中，她吐露了那一次車禍的事，很懊悔她說：「為了尋求一時的刺激，明知道那是玩命，卻沒有即時阻擋男友、反而參與飆車比賽。怪自己太不懂事，一味的瘋狂尋找刺激，才落得這樣的下場。」對於男友的死，她深感愧疚，一直活在自責中，真是悔不當初。

對於她的自怨自責，感到不以為然，人各有命生死由不得人，我勸她說：「痛悔是無濟於事，人不能夠一直活在過去的陰影裡，你該想一想您媽，想一想你自己；人生的道路還很長，如今你該作的是放下悲傷，勇敢的走出來。只要你肯向前跨越，前程仍然無限寬廣。把大好時光虛擲那才令人惋惜呢！」看她一臉動容，卻又默不作聲，我不知道她是否有把我的話給聽進去，但願她能夠想開來，才不枉我一片真誠。

後來我又病了一場，好在這一場拔河賽，我仍然沒輸，從死亡的邊沿繞了一圈又轉回來，（我得了罕見疾病而導致全身癱瘓，隨時隨地都會衰竭而死）所以有好一陣子沒去看她，心中總是牽掛，希望她的病況好轉。

有一天當我臥床休息時，她自己推著輪椅赫然出現在我的面前，彷彿換個人似地，那頹廢不振充滿怨懟的人不見了。出現眼前的是個神采奕奕充滿自信的少女，她誠懇地對我說：「阿姐，謝謝您的鼓勵，這些日子以來我已經想開了，所以不斷的做復健，您看，成果也已經出來啦，雖然下半身仍然癱瘓，但是我的手能動了，腳也微微地有些知覺了。」看她揮別陰霾，重拾信心著實為她感到慶幸。

我對她說：「要繼續加油哦。」她卻說，要向我看齊，以後要加入志工的行列，做個令人信賴、稱職的志工。好啊！我高興地對她說：「我打開雙臂歡迎，來讓我們彼此勉勵、彼此加油，重新出發吧。」

後來她果然開開心心的出院了，有一天我們不期而遇，她若有所思的告訴我說：「走出去以後才了解原來這個世界比我們不幸的人還很多，他們須要更多的愛護和關懷，真希望自己能夠多一份力量，多幫他們一點。」聽她這麼說我好高興，原來她已經頓悟了，之後她常常出現在病房，帶著愛歡樂和希望給那些垂危的病人，她果然是個信守承諾的人。

看來她已經找到自己的人生方向，像浴火重生的鳳凰，重新出發。有這樣的變化真令人感到欣慰；一場生死爭戰的病痛，讓一位年少輕狂的女孩脫胎換骨，變成熱愛生命認真誠懇的女子。成長也許是須要付出代價，這場車禍想必也是上主為她安排的一場生命的試煉，而那一個不得安眠的夜晚卻富豐了我人生經歷。

賺得一份好心情

這是發生在民國七〇年代，一位殘障朋友的真實故事。

今天一大早就趕去大賣場批一些水果來賣，雖然所賺的只是蠅頭小利，但是能夠給一家溫飽，已經謝天謝地了。像這樣的身體殘缺不全，不知道什麼時候會倒，所以趁著還能夠動的時候就盡力而為。

每逢農曆的初一、十五、十六是酬神拜拜生意最好的時候，所以今天他批貨批得多一點，希望能夠多賺一點、好給孩子作教育基金。

當一個流動攤販唯一的好處是可以四處去叫賣；但，壞處是沒有一個遮風避雨的固定攤位可安心的做買賣。所以他心理一直在盤算著；等自己有錢定要在市場那裡買一個好攤位。

心中有夢他工作得越起勁，想著！想著已來到羅東火車站前，當他路經十字路口看到一位盲人陷入於車陣之中穿梭；一路摸索險象環生，過往的行人來去匆匆，視若無堵各走各的沒有人肯停下來扶他一把，朋友說；當他路過看到此景此情，實在於心不忍。於是顧不得生意，將車子停靠在盲人的旁邊，問道：「先生你要去哪裡，我載你一程。」對方喜出忘外，連連道謝坐上他那輛手搖式的古董三輪車。

一路上他們閒聊起來，盲人說：「我七八年前來過這個小鎮，當時還沒有這麼熱鬧，車子也不多，才沒有幾年的功夫，這裡已經變得這麼繁榮了真是想不到。這次為了眼疾、又來這裡尋訪一位眼科明醫，想要治療多年的眼疾。

儘管知道醫院離車站很近，不過距離對盲人來說仍是一項考驗；偏偏又碰上拒載短程的計程車司機。」聊著聊著這時他們已抵達目的地到了五福眼科診所的門口。

盲人，除了不斷的道謝外，想向朋友問明姓名、地址以便日後登門道謝。

他婉拒，說，四海之內皆兄弟，不用將此事放在心上。於是告訴對方；自己是個小兒痲痺患者，因為雙腳萎縮只能用雙手來推動這輛沒有馬達的三輪車，以便四處販賣水果為生。那時候他沒有能力買電動三輪車。

那盲人，聽了這番話很感動的掏出錢來硬要塞給他，卻給拒絕了，且匆匆的離開，繼續沿街叫賣。

儘管水果還沒有賣到一半，但在回家的路上心情卻特別的愉快，他想，原來給人一點方便也能賺得一份好心情。

或許有人對他這種做法會覺得很傻氣，但，這似乎不是金錢所能夠比擬的。

良善的他認為，這才是今天最豐碩的收穫。

此刻他深深的體會到，做好事不一定要從大處著手，只要心存善念，關懷別人，才是維繫著人與人之間那一點價值，你以為呢？

雖然夫妻倆都是殘障人士；生活清貧但他們活得很有尊嚴，憑著一股不向命運低頭地毅力，胼手胝足地打拼。

儘管所賺的錢不多，但是活得很踏實，活得很感恩；因為上天賜給他們一對健康乖巧的兒女，還有一個溫暖的窩。

E網情誼

在深夜裡我喜歡靜靜地讀著他的來信，想著他的來信，看著他的來信。不管是手寫、或e-mail都令人如沐春風、心曠神怡，一股很春天的感覺。

不知道為什麼，他總是讓人感到放心、和信任。每次讀他的來信，浮燥的心情也就安定下來。

今天他又來信說：「在報紙上看到一篇好文章，看得好感動，每一字、每一句都令他感動無法自己。於是利用深夜裡，坐在電腦桌前很用心的將它輸入，他希望遠方的朋友，也能和他共享這篇好文章。

當我收到他的e-mail時，心中和他一樣的感動；不是為了那篇動人的文章有多麼感人肺腑，不是為了那篇動人的文章，有多麼優質；而是那份好東西要與好朋友分享的慷慨情誼。

眼前，躍入我腦海中的影像，是那在深夜裡的朋友，正犧牲他的睡眠，在電腦桌前正一字、一句地將四千多字的文章傾心輸入。我可以感受到那裡面的每一字、每一句，都深深地敲動著我那冰封許久的心靈。

此刻我正貪婪地一遍又一遍地閱讀著，彷彿可以從文字中；重溫朋友這份真摯又溫馨的情誼。不知不覺之間，感到一股暖流甜甜地正一點一滴地流入心海裡，很溫暖也很窩心。

有人說：十年修得同船渡，百年修得共枕眠。那麼這樣的朋友、這樣的情誼該怎麼算起。

難怪古人說：「人生得一知己，死而無憾。」想我何德何能，竟能夠擁有這樣至情至性的朋友，有君如此，夫復何求。心中對他這份貼心的情誼，除了感謝更是感恩。

此刻我在天涯的另一角落裡，默默的為你祝禱，朋友謝謝你，從今以後我將打開心扉，不再封閉自己，讓自己的胸懷更寬闊，心靈更溫暖。

如今在每個夜晚，每當打開電腦，就會使我想到遠方的你是否安然無恙，天涯咫尺儘管不能在一起剪燭夜談，只要打開e-mail我們依然可以天涯會知音。希望今夜有夢，而你自夢中而來，讓我們再次海闊天空把酒暢談。

人生

看盡花落花開，傾聽潮起潮落，才驚覺原來人生可以是一部書，也許是文學、哲學、或生態學，只要你高興看你怎麼書寫都可以。

有些人喜歡山，不一定是仁者，有些人喜歡水也不一定是智者，但可以確定的是智者大都喜歡水，尤其是海，海是一項不平凡的哲學，它的偉大在於，有容乃大，把一切好的，與不好，皆接納在懷裡。當我們對一些人事也能懷著如此的心情，是否紛爭就能夠減少一點。

我現在才能了解，為什麼智者喜歡海，原來看海的時候你會覺得自己的渺小，滄海之無窮大，而懂得謙虛，懂得體諒，更會以這樣的心情條體諒人生。

長江後浪推前浪，一代新人換舊人。這是更新的喜悅！還是輪替的悲哀！雖然我不了解前人的感受如何，可以理解地是，我將來也會變成前人，很宿命地這是自然的法則。想那大江東去浪淘沙，淘來淘去還不是千古風流，都化作燈前笑談。

現實是有點可怕，人到中年是人生的高峰，卻也是開始走下坡的階段。

看那一波又一波地後浪推擠著前浪，彷彿就是在告訴我們人生無情。

難怪古人感慨：「是非成敗轉頭空，人生幾何只不過短暫幾十年而已。」

偏偏人總喜歡以成敗來論英雄，這是人的悲哀，也是人的可貴，然而英雄的背後也有一些不為人知地滄桑，而頭銜以外仍有乾坤，何必太過於執著。一個人地價值無它，就在於他的至情、至真、至美罷了。我們常用自己喜歡的角度去看待人生，或許因此；錯失生命中的許多好山好水，卻把一切得失，歸屬於命運。

我是個不宿命的人，總覺得命運是掌握在自己的手裡，一切盡其在我，非他人所能左右。

人只活這一次，如果不活得理直氣壯，那還有什麼意思。偏偏有些事，人算不如天算，人爭不過天，盡力而為就好。不一定要活得很成功，也不一定要活得可歌可泣。重要的事，要活得心安理得自由自在活得俯仰無愧，踏踏實實地沒有遺憾。

朋友問我：「對自己的人生滿意嗎？如果人生能再做一次選擇，你是否還會再作同樣的選擇？」我不知道將如何回答，但是我明白人生沒有十全十美的事情，即使能夠重新選擇，也未必會完美無缺。如果人沒有勇氣去包容缺憾，去面對不全的心，仍逃不過跛腳的宿命。

有一則故事說：「有一個人向天主抱怨所背的十字架太重，使得他難以負荷，要求天主給他機會重新選擇。天主答應了祂說：『好吧，這裡有許多大大小小的十字架任你挑選』，於是他很認真的尋找，挑來挑去竟然沒有一個合適，不是太重，便是太輕，不是太小、便是太大，失望之餘本想放棄，驀然回首發現不遠處正有一個不大不小與他適中的十字架端放在那裡，他驚喜萬分；拿起十字架向天主說：『這個十字架適合我』天主點點頭笑著說：『該是你的、便是你的』，那個人滿心歡喜地，拿著十字架，當他詳細一看架上竟刻有他的名字，恍恍然地才從迷思中了悟過來。」

原來我們最想拋棄，竟是最適合自己的東西。其實有些事情不像我們想像中那麼困難，是我們把它膨脹起來，卻因而失去了自信。

在一度紛紛擾擾之後，我想把自己放空，人生總會有些得失，若過於執著必患得患失。有時候，反而讓自己陷入痛苦，如果此時能夠放慢腳步，心平氣和地停下來，想一想再往前看你將會發現，原來前途仍亮，學習放下，一切將落得輕鬆自在。

有一個朋友他的際遇比我更不幸，卻活得比我更勇敢。因此我很佩服他的勇氣。

本是意氣風發，正值英年的他，為了搶救溺水者撞上岩礁，當他甦醒過來時，變成全身癱瘓。有一段日子他過得很悲情，大家以為他會自暴自棄再也不能振作，從此氣餒沉溺在痛苦的深淵中不能自拔。

而這預設地悲情，是我們錯估他的毅力。原來他不脆弱只是一時的不能適應罷了。半年後再見他時，在他的臉上已找不到昔日的憂傷痕跡，取而代之竟是一身英姿煥發、神采飛揚。

見他春風滿面的從陰霾中走出來，著實為他感到慶幸，問他怎麼辦到的，他卻幽默的對我說：「沉陷水底一次就夠了，如今的他只想走向陽光。」看來他才是懂得人生的人。

人生的際遇變化無常，難免有風有雨；有淚有笑，上天給予每個人的天秤各有不同，有人庸庸碌碌卻享盡榮華，有人聰明一世、勤奮一生，卻默默不得志，時也、命也，只能感慨時不我予；非我之不能也。

然而有璀璨的人生，必也會有暗淡的人生，偏偏人有一種過不去的難，難在於璀璨過後、隕歿的憂傷，難在於鍾情一生，到頭來才發現原來只是一場空笑夢。

想自己依然病懨懨走在人生的單行道上，回首前程卻看盡人事地滄桑，彷彿像秋天的落葉，除了凋零仍是凋零，怎不令人感慨萬千。

富貴榮華如浮雲，其實有誰能真正的擁有！「鶴鷯巢於森林不過一枝、偃鼠飲河不過滿腹。」我們所要追求的難道只有這外在的榮華嗎！內心那幅錦繡，不也時時在催促著我們；去追尋一份值得為他活一次的真理嗎？

曾經有人對我說：「人活著就有使命，無論多麼平凡，或不平凡，都有他生存的價值，不管他的人生觀為何，只要懂得珍惜自己，也懂得疼惜他人的生命，相信他的生涯畢將無限寬廣。」

有人說生命的意義無它，人生以服務為目的而已。讓自己點燃一把生命地火把！照亮自己，也照亮別人，耶穌說：「要愛人如己」。就把我們的愛盡情地揮灑出來吧！為這個社會也點一盞心燈，把最陰暗處點得炫亮，把最冷漠處點得很溫暖。

臥病數十年歷經多少次生死存亡，看盡多少人事的滄桑，才領悟出原來人生的浮沉，也是一種平常。如今我已學會放下，學會勇敢承擔，從此揮別悲情、走出憂傷。如蘇軾的定風波詞云：「莫聽穿林打葉聲，何妨吟嘯且徐行。竹仗芒鞋輕勝馬，誰怕？一簑煙雨任平生。料峭春風吹酒醒，微冷，山頭斜照卻相迎。

回首向來蕭瑟處，歸去，也無風雨也無晴。」儘管人生不太美麗，但仍有希望。

無常歲月

海島氣候總是這樣的變化無常，黃昏的夕陽還是紅炵炵，想不到夜幕低垂時候，天就變了。起先烏雲密佈，一股山雨欲來風滿樓的氣象，接著傾盆大雨一陣強過一陣，而那些樹像發狂的妖精，搖擺的很厲害，發出咻咻的吶喊，好像要飛舞起來，這時候我和姐妹們扒在窗戶看著整個歷程，哇！好強悍的風呀！那是誰給它的力量，讓它這麼狂妄囂張。

每當這時候阿嬤都會跟我們姐妹說：「別害怕，那是天上的仙人在鬥法，所以才會狂風大作。」我問阿嬤這次是哪一個仙人在鬥法呢？阿嬤好像無心回答我，隨意說：「大概是桃花女在鬥周公吧，才會鬧得那麼利害。」我心裡在想周公也太沒有肚量，一個大男生，怎麼老是愛跟女人計較，讓一下不是沒事嗎？害我們這些人類受苦受難。

每次颱風來我會有兩種心情，又期待又怕被傷害，想到放颱風假，可以抓魚、抓泥鰍、可以烤蕃薯、放風箏，就覺得很快樂。可是一想到颱風所帶來的災難就覺得很恐怖，它四處搞破壞，把我的家園也搞得七零八落，一想到要收割的稻田變成水池，又要吃一年的地瓜稀飯，胃就酸痛起來，覺得它還是不來得好。看到阿嬤特別緊張的樣子就很心疼，也難怪她會聞颱色變，俱說已經歷經幾次房屋倒塌的經驗，所有的積蓄與借貸也都發費在蓋房子上。平常她省吃儉用，為的是蓋一間堅固的房子，難怪一有颱風，就戰戰兢兢，看她神情緊張，一邊吩咐爸爸到海邊扛一些沙回來，一下子又叫媽媽去菜園都拔一些菜回來，而她則是帶著我出去找一些柴火回來，全家總動員。

而後老爸和阿嬤把沙包扛到屋頂上、媽則帶領著我們幾個小鬼幫忙用稻草、破布堵塞門縫、窗戶。人多好作事，才一下子的功夫都做好了，可是這樣一來使整個屋子變得又悶熱又黑暗，等一切就緒，狂飆的暴風雨也排山倒海般的傾巢而出。

那一晚大人在守夜，而我們這些小鬼則早早就上床，可是睡不著，悶熱加上耳邊不斷的傳來一陣陣的暴風雨聲，令人覺得很不安，忽然聽到屋外有急促的拍門聲，不斷的叫開門啊！阿嬤耳朵也很靈，馬上聽出來是叔叔的聲音，去開門。一陣風雨隨著叔叔嘎進來，哇啊！好強的風，叔叔說：「趕快逃命吧！堤防倒塌了，水都淹上來了。」叔叔走了之後，不一會兒，屋子開始進水，爸媽阿嬤拉著我們姐妹往外跑，水好像也知道我們要逃命似的一路追上來，加上那一陣的暴風雨險象環生，如果不是阿嬤把我緊緊拉住，有可能不是被風吹走，就是被水沖走，當我們一家抵達安全的地方時，回頭往下看，家那個方向已一遍水茫茫，好險哦！還好我們走得快，這都要感謝叔叔好心相告，否則後果不堪設想。難怪阿嬤常說水火無情。

村裡有座古廟，那是全村人的信仰中心，也是庇護所。到達古廟時，已經有好多人在哪兒了。嬸婆一家還有其他的親戚也都在。幸好大家都平安，阿嬤對著一臉苦惱的嬸婆問好，誰知不說還好，一說嬸婆的淚水竟嘩啦嘩啦的流下來，說：「我那一窩剛出生不久的小豬都完了。」阿嬤不斷的安慰她，說：

「人平安最好，錢再賺就有。」嬸婆似乎有聽進去，人也安靜下來。

這時陸陸續續不斷有人進來，後來暴滿了再搭帳篷，整個場景好像廟會，哦不！更像難民營。天色微亮，風也不再那麼強勢。全村總動員，大家紛紛出去找船往低窪地區救人，有船的人都出發，爸爸也跟著去，大部份的人都救回來了，只有住在莊仔尾的堂舅不肯出來，他說要與房子共存亡。救生船已經去好幾趟眼看著水已經快淹到屋頂了，他仍然執意不走，沒辦法只好為他準備一些乾糧與水。阿舅真固執，財產比生命重要嗎？留得青山在，不怕沒柴燒，看來他比嬸婆還想不開。

這都要怪那個糊塗的白蛇精，搞錯地方，不去水淹金山寺，卻來水漫台灣的五結鄉村，儘管阿嬤說錢再賺就有，可是家裡能賺的人只有爸爸，爸除了偶爾打魚外，就是向人家租田耕作。經過這次的風災一掃，就什麼都沒了，看來我們又要吃盡一年的地瓜粥了。一想到那地瓜多於水稀稀的飯粒時，整個胃就酸痛起來，哦，可惡的颱風，可惡的白蛇精亂作怪，阿嬤說故事常說，呼風喚雨、興風作浪，這是妖魔鬼怪的本領。我希望也有那種收服妖魔鬼怪的本領，可惜我是凡人。

不過媽媽就不一樣了，她雖然沒有學法術，卻很有本領，像孫悟空一樣會變，每次只要她出馬，我們就不用挨餓了。

那天老爸一大早就出去，晚上才回來，看他悶悶不樂，媽媽問他：「有什麼事嗎？」爸才說：「別人的秧苗都種下田了，我們的田卻仍然荒在那邊，眼看時節就快過去了，卻沒錢去買秧苗，又能怎麼辦。」媽媽一聽，就安慰爸，說：「錢的事我來想辦法。」果然沒多久媽就借到錢，我知道媽媽一出馬，舅媽、阿姨的私房錢就流落到媽媽的荷包裡，連最會精打細算的嬸嬸的私房錢也一個不剩的給了媽媽。

所以媽媽總是告訴我們這些小孩子要懂得感恩，人家給我們點滴之情，要報以泉湧。

我問媽，表哥是舅媽的寶貝兒子，若要打我呢？也要讓他打嗎？想不到媽媽卻說：「跑呀！他比你大一個頭難道你想跟他打架！那個周處可是六親不認的哦！何況欠債還錢，我是欠她媽錢又不是欠他」。小時候的表哥常常欺負比他弱小的人，被喻為「四害的周處」。還好老媽明理，要不然就慘了。

想不到後來我還是跟他槓上了，原因是妹妹不小心弄倒他做的東西，他揮手一拳就要打下去，被我發現在，衝上去把他推開，誰知就打起來了，起初他楞了楞看著我，可能從來沒有人敢還擊，而又是一個比他小一個頭的小女生。後來竟然對我說：「看你有膽識，只要跟我說對不起，就饒了你倆姐妹。」這下讓我生氣，你已經打人了還要我低頭，門多沒有，我一氣之下一拳揮過去，然後又打起來了。他揪住我的脖子，害我喘不出氣，千斤一髮之際阿嬤把他推開。好險哦！臉都變黑了，太可惡了。阿嬤心疼，邊說子不教父之過，便去找舅舅、舅媽理論。媽說：「他媽若管得了，就不會變成周處了。」

多年以後我們都成長了，記得那是過新年的時候，春天的氣息早已揮灑在枝頭上，新綠已經探頭來，迎接春的季節。

那年的新年很不尋常，不再像往常那樣冷颼颼的，陽光普照溫暖和煦是個小陽春。天氣好弟妹都出去玩，只有我走不出去，坐在窗前看著飛鳥跳躍、穿梭在枝椏上互相告知春神來了。

那天他竟自跑來，我差點認不出來，想不到眼前這位文質彬彬的青年竟是那個橫行村里的四害。俗話說：「無事不登三寶殿。」果然他一見我就大獻殷勤，表妹長，表妹短，說：「大家都說你是個才女，無論書法、畫畫都是無師自通。」我說：「好了，夠了！有什麼事，請直接了當的說吧！別拐彎抹角。」他楞住了，看著我，然後吸了一口氣說：「好吧！既然你這麼爽快，我就直接了當的說吧！聽姑媽說你和張同學一家人都很熟是不是，和她們姐妹們感情也很好？」「嗯！沒錯，你問這個幹什麼！」

他面帶羞怯的說：「請幫我多多美言好嗎，我要追她大姐。」

我故意損他說：「那我豈不是害張大姐羊入虎口。」他尷尬的說：「我早已改過自新了，你就饒了我吧！」

好吧！就告訴你真相吧！「即使我幫你，也愛莫能助，她已經心有所屬，並且論及婚嫁，別把精神浪費在她身上。這是我唯一所能夠給你的忠告。」他好像不能接受這個事實，自言自語的說著，是嗎？

聽同學說他還不死心，時常去她家，然而落花有意流水無情，感情的事是不能勉強，後來大概他想通了，沒有再出現。

歲月像魔術師，竟然可以使桀驁不馴橫行霸道的人變成一個老師，希望他此後好好善用人生，不會誤人子弟才好。

人事有代謝往來成古今，隨著姐妹成長之後，出外工作賺錢回來，家裡的環境也善很多。然而當我能夠吃到一碗白米飯時，命運之神已在我身上埋下惡運的玄機，原來老天還要考驗我，苦路還很長，就這樣背負著憂傷的行囊去挑戰、克服生命中的障礙。從此我沒有退路，像過河的卒子，只能夠前進，不能退縮。

感謝的心情

那是民國六〇年代初夏的午後，陽光璀璨麻雀鳴叫、天氣悶熱得很。我家既沒有冷氣，也沒有電風扇，我和阿嬤、媽媽、堂嫂坐在屋後的樹下乘涼，邊刺繡、邊聽堂嫂聊村里的人卦。偶爾凝望遠處，但見一遍黃澄澄的稻穗，正在陽光的照耀下搖曳生姿，看那粒粒飽滿的稻穗已經接近成熟，看來今年將會是大豐收。

鄉間路上忽然出現兩三輛派頭十足的黑頭仔車，在六〇年代裡的鄉下這是罕有的現象，也只有大官才能開這樣的大車。心中正胡思著，車子已經停在家門前，來了一大票人，除了村長我認識外，其他我都不認識，經過介紹才知道對方的來頭不小，原來是縣長、秘書長、鄉長，以及救國團的輔導員。

可憐的阿嬤、媽媽這輩子大概頭一次見到這樣的大官，平時沉著的阿嬤也緊張得不知所措，不過很快就恢復過來，一邊吩咐媽媽泡茶請他們到家裡坐，一邊叫堂嫂去找爸爸回來。

當阿嬤還在惴惴不安的時候，他們表明來意，我才知道，原來蔣院長收到信了，那位輔導員姐姐說：「蔣主任（蔣經國先生也是救國團的主任）派我們來帶你去就醫，如果你有什麼需求，別客氣儘管告訴我好了，我會盡力幫你。」她留下名片，教我跟她連絡。對這個突如其來的消息讓我當場楞住了，等我回過神來，才明白這一切不是夢，奇蹟真的出現了，上天真的聽到我的呼求啦，喔！太感謝啦。

盼望多少年的心願終於要實現了，我幾乎不敢相信；那晚不敢睡覺，害怕一眨眼，這一切都不見了。然而那些人、那些事，是這麼真實；縣長慈祥的容顏，和顏悅色的對我說：「請你放心，一切我會安排。」那位輔導員徐姐也請我安心的等待，而那位秘書長陳明宗伯父「他要我這樣稱呼縣長和他，那時候的縣長是陳進東先生」更是親切的說：「小姪女你是我們的堂親晚輩，我們縣長一定會幫你。」那天對我及我的家人來說，真是個前所未有的奇蹟，阿嬤馬上吩咐媽媽明天買些水果到廟宇拜拜。

接下來的那幾天家裡開始熱鬧起來，親朋好友都來關懷，也難怪會造成轟動，鄉下地方少有大人物來訪，那樣的陣仗，對一向樸實的鄉下來說是一個罕有的奇觀，對我卻是個奇蹟；希望這個奇蹟能夠引領我走向健康的道路。

那是個很陽光的早晨，清風徐來，一大早麻雀就不斷的在屋簷叫個不停，彷彿想把春天給叫回來，不由得令人心曠神怡，這是個好預兆，果然，就在這一天徐姐前來告知已經安排好就醫事項準備帶我前往。

從那年開始我的就醫歷程，無論路程有多遠，只要有一點希望，就不放棄。只要人家說他神，不管那是名醫、赤腳仙、或蔔蒙古大夫，我都想去看看，哪怕那是千萬之一的奇蹟，我都要嘗試。

只要我開口請求，為了我的病、為了怕遺漏一次，就會留下遺憾，救國團的大哥大姐們便為我披荊斬棘，奔波勞累來來回回一次又一次的接洽於醫院中，從民國六〇年跌跌撞撞尋尋覓覓一路走來，我一直懷著希望，總以為只要堅持、只要不放棄，一定會讓我找到救我的再生華佗。然而老天似乎不眷顧我，讓我四處碰壁。一次次的打擊我，並沒有使我氣餒，我告訴自己不可輕言放棄，奇蹟會在某處等我。每次醫師給我的答覆是搖頭時，我的心很痛放聲大哭之後，揩乾眼淚，再重新出發。

一直到民國七十年的初夏，新聞報導說榮總有位名醫會治重症肌肉無力的毛病，於是我又商請救國團幾位大哥大姐幫忙，想不到經過這麼多年他們依然如昔對我伸出援手。

再次北上，我懷著滿懷的信心前往，誰知道進了院看到那位醫師，所得到的答案仍是無解。那時候心恢意冷，救國團的大哥見我如此，安慰說：「即來之則安之」不妨就安心住下，這裡也有很多名醫。

就這樣我住進中央大樓的病房，有一天我坐在窗前，往人來人往的門診大樓看，無論是看病的醫師、或被看病的病人、家屬，每個人來去匆匆都很忙碌。好像一群忙碌的螞蟻。剎那間我想到自己這些年來為了求醫像無頭蒼蠅一樣到處亂闖，苦了自己，也連累了別人。到頭來我得到什麼？原來每個人都要背負自己的十字架。

也許阿嬤說得對「命裡有時終須有，命裡無時莫強求。」既然如此我只好接受這樣的宿命。

想開以後心情也放寬了，出院以後沈榮鋒大哥鼓勵我寫作，當時我真的沒信心，對一個沒接受幾年國民教育的我那真是一種挑戰，但，又不想違拗沈大哥的一番好意，只好硬著頭皮把寫，把稿子交給沈大哥之後就不再去想，想不到經過一星期沈大哥寄來一份中華日報，而令人訝異的是我的作品竟然被刊登出來。真令人不敢置信，不過更勁爆的事還在後頭，之後除了收到一筆稿費外，卻收到一封封讀者親切關懷的、加油鼓勵的、友誼的、以及討教的各式各樣的信件不斷從報社轉來。這對我真是前所未有的震撼，那時候沈大哥鼓勵我寫，但，我卻畏怯，原因是知識用時方恨少，覺得應該充實自己，才能有所作為。於是我開始涉臘一些文學、哲學、歷史書籍。可惜我生性懶散、加上病況每況愈下使我心灰意冷而中斷了美麗的夢想。

這時候除姐離開救國團結婚去了，沈大哥也調到別的地方。隨著歲月的遞變身體也每況愈下，摔倒的次數愈來愈頻繁，有一次竟然把大腿給摔斷了，因此被送到療養院、展轉又到醫院。

這些年來常想過去的總總，那些人那些事，心中對那些曾經幫過我的人更是感念，因此我開始寫傳，想不到書寫好，為了出版的事，我請，離開救國團到大學任教的張大哥幫忙，當我提起沈大哥的時候原來他也認識，就這樣因緣聚會，他幫我找到多年不見的沈大哥，當電話那頭傳來沈大哥與徐姐的呼喚，「阿美嗎？我是沈大哥」、「阿美嗎？我是漂亮的姐姐。」我彷彿又回到三十幾年前跟他們相處那段日子。

歲月匆匆去來，人生有幾個三十年，得知他們都過得很好，心理很安慰。看來老天對我還算仁慈，在我生命接近終了之前，讓我有機會再見到這些昔日幫我的恩人，對他們說聲謝謝。

種善因得善果，生命會因此變得更美好，心中默禱這世界會有更多的人懂得的愛，因此變得更美好。

坐看雲起時

牆壁上的時鐘滴答滴答分分秒秒的流逝，不知道從什麼時候開始我變成一個守更者，搬來對 a 院已經有一段時間了，不能適應新環境的我，每天夜晚幾乎數著時鐘的分秒度著漫漫的長夜。這是一九九八年的冬天，十二月了天氣仍然乍暖還寒最難將息的時候，無端的被命運牽引來到這舉目無親的 a 醫院。

丸山算是第二個家了，住了四年半已經習慣了，以為從此長駐這裡，想不到天不從人意，由於丸山療養院沒有立案，不能繼續住下，於是政府把我們這些低收入戶分別分發到其他的安養機構，我和幾位低戶病患，被分發到 a 醫院來。

如果人生可以選擇，那麼即使要付出縮減生命為代價，我也不想離開家門，孤苦伶仃的住在這裡。

聽說護理之家剛成立不久，欲計要收一〇〇床，所以他們一下子就收容好多個低收入戶，且由護理部主任和代理護理長親自去丸山接收。

一個地方住久了就會有感情，我是個念舊的人，想到要離開一處已經住習慣的地方，想到那些人情，尤其是柏院長、德琳修士的仁慈，想到那些朋友，心情就一遍暗淡，儘管多麼不願意離開丸山，然而身不由己，又能奈何，誰叫我出生貧寒。

唯一可以安慰的是他們的照護和丸山差不多，兩個小時翻身一次，洗澡，一星期洗三次，而丸山除了我因病情所須天天洗之外，其他人是隔一天，洗一天，比起一些機構，一星期才洗兩天要好得多啦。

其實重症者最須要的是清潔，想想，吃喝拉撒生活在床上，洗澡對我們是何等的重要。有誰能夠體會和看重，肯用仁慈的心來善待我等這些最弱勢的族群。

燒肉粽……燒肉粽……此時街頭傳來小販的叫賣聲，都這麼晚了還有人做生意，看來生活真不容易，肚子這時候卻也有點餓，儘管很想買一個來吃，但是身不能動又奈何！即使有錢也無能力走出去買，只好乖乖的躺在病床上，聆聽肚子咕嚕咕嚕的呼叫。

忽然耳邊傳來悉悉率率的聲音，抬頭一看，不得了啦！隔壁床的阿婆又搞危險動作，「她是個失智的老人，八十多歲了看上去還很健康，除了行動有點不便外。」雙腳已經跨越床欄想要下床，她不知道自己的腳踩空，前天夜裡才把大腿的骨頭摔傷，今天又……，如果再摔倒，那後果將不堪設想。

她是上星期才搬來的，也許因為這樣家人沒辦法照顧，才將她送來這裡。罹患失智症的老人，手腳卻還很俐落。

我趕緊按鈴才是，然而一想到此刻護士小姐正在交班，心理有點猶豫起來，把鈴子又放回去，交班按鈴的話鐵定吃排頭，如果來的是慈眉善目的小姐還好，她會溫和的問你有什麼事！萬一來的是怒目金叉，那鐵定會挨一頓臭罵。然而救人如救火，看阿婆身處險境，怎能袖手旁觀，不管哪，挨一頓罵又不會怎樣，想到白天阿婆的老公，那位深情的老爺爺，九十多歲的老人每天拄著手杖來看他老婆，愛憐的烘她老婆說：「你要乖乖的靜養，等你病治好了，我就帶你回家。」等老婆點頭他才放心的回家，每次要回去那位老爺爺都過來拜託我：「小姐幫我勸導她好嗎？」看著白髮斑斑的老人如此的深情，我怎能無動於衷呢！「好的！我會盡量勸她。」

鈴子一按就開始祈禱，希望來的是慈善的小姐。誰知道天不從人願，來的是怒目金叉，一進門不分青紅皂白劈頭就罵：「你不知道這是交班時間嗎！一天到晚就只會按鈴！」後來其他的小姐也跟進來，問我有什麼事，我才有機會跟他們說老人的危險動作。她們把老人安頓好了以後就離去了，總算平息了，我也可以放下心來。

以為可以安然入夢，誰知經過這一折騰睡意全消，心中更是思潮洶湧，想起丸山那些朋友，不知道此刻是誰在值班，是溫柔閑靜的阿芬，還是大眼善忘的阿娥，或是酷酷的阿美，愛旅遊的阿惠，小諸葛的小雪。每次不眠的夜晚有她們值班，就不會寂寞，她們一有空檔，就會和我聊天，大眼的阿娥談的是媽媽經，說到得意處眉飛色舞，一雙烏溜溜的眼睛都亮起來，從她那裡我得到一些教養的啟示，才知道要生養子女是件不容易的事。而我最喜歡小雪值班的夜晚，她是個很特別的女孩，跟她談人生、談宗教、哲學，是件很有意思的事，兩個不知天高地厚的女孩，天馬行空的談起天文地理來了。

她是一個不凡且很有智慧的女孩，遇事果斷，臨危不亂，對待病人卻是隨和體貼。果然如我所料，聽說她離開丸山療養院以後去學修道，現在是一派宗師。

而阿芬的溫柔貼心、阿秋的伶俐、安娜姐的睿智，在在都令我懷念。然而我很清楚，這都是院長柏修士向來要求員工要以同理心來對待病人。在這樣充滿人道的體制下病人才能真正的受到守護。

千頭萬緒，看來今夜是個不眠的夜，此時明月高懸，可惜月色中沒有山林的低語，也沒有海潮的呢喃，冷冷的只有街角那盞孤燈陪我守著孤寂的夜。

沒住過其他地方的我，以為每個地方都一樣，所以被政府分發到a醫院的時候，也依著原來的習慣，須要幫忙的時候就按鈴，沒想到情況出乎意料。護士告誡我，這裡有這裡的規矩，一切要配合她們。

讓我一陣錯愕！在丸山她們依病人的要求來配合，想不到來這裡全都不一樣。阿嬤常說入鄉隨俗，偏偏我是個二楞子，不懂人情世故。以為凡事講理，據理力爭是人之常情，該是無可厚非的事，哪裡知道，卻因此吃盡了苦頭。原來丸山講的是人情，這裡講求規範，各有各的制度。這時候才明白原來每個地方的制度不同，連人情也有異，看來我要學習的還很多。

一個考驗

生病以來一直認為自己很獨立堅強，足夠應付一切挑戰，到這裡以後才了解，原來在家是因為有父母的守護，在丸山有柏修士，在惠民有謝神父的守護。而到這兒才是磨練我成長、學習獨立的開始，只是沒想到學習成長的過程中會讓人有那麼多的磨難與憂苦。

來這裡最特別的情況是常換護理長，每個阿長幾乎都接近退休才被調來。

剛來這裡的時候護理長待產請假，這兒幾乎群龍無首，不過工作方面護士們仍然正常運作，只是有些事情仍然很……令人意想不到本來每天都能夠下來做運動，這也是當初來這兒時護理主任答應，不知道為什麼忽然規定我週修或國定假日才能下床，最遭的是碰到週修與國定假日，我都必須困在床上，想到自己的身體病須要適當的運動，血液循環才會好一點，我想即使健康的人都不動也會難受，何況是我，這對我這種進行性的罕見疾病似乎是種加速的抹殺！但我孤掌難鳴又能奈何。

記得那也是連續假日五天都不能下來運動那位怒目金叉，又來告誡我說：「我們明天要開會，這裡只有兩個人值班你不能下來。」我問她：「為什麼每個人都能下來，就只有我不能下來。」她沒說什麼，白我一眼就走啦。在求人不著的情況下只好求神，當我在祈禱時一個外勞朋友，「安妮」來訪我請她幫忙，想不到這件事被那位怒目金叉知道，對我的犯規更是借題發揮來指責我，我不明白，一個女人為什麼一定要以一付盛氣凌人的態度來霸凌別人，才能顯現他的威風。

好在這裡還有更多的好護士，阿芳、阿華、惠惠、娟娟其他人等。每次看到她們為身有褥瘡的老人細心的換藥，那種敬業的精神令人很感動，覺得她們才是令人敬愛的白衣天使。

由於對新環境適應能力差，剛來那半年，幾乎夜夜失眠，有時候睡二三個小時，有時候情緒起伏大徹夜難眠。

深夜裡的病房、四周靜悄悄，一個人孤伶伶的躺在病床上，回首前程，想著日漸惡化的病，想著陌生的環境、不友善的人，禁不住悲從中來，死的念頭不斷的在心上滋生，這時候才發現，原來我連自殺的力氣也沒有，求生難，求死更難。心中不禁的吶喊，天啊！連您也在欺負我，讓我病到這步田地，如今我的家、我的親人在哪裡？我的朋友又在哪裡？您們可知道我的心好痛，此時我的眼在流淚，心在淌血。

後來謝神父從歐洲回來，每個星期會帶我上教堂望彌撒，心情才有一個寄託。也感謝那些善良的白衣天使，對我伸出友誼的手，不時的鼓勵安慰我，使我漸漸的擺脫陰霾。

提筆也是從那不眠的夜晚開始，筆是我唯一拿得動的東西，於是我才找到抒發的出口。

一個好朋友

「同是天涯淪落人，相逢何必曾相識。」面對這些老人，我彷彿看到我的阿嬤。所以忍不住的想要守護他們。

醫院在入夜以後很快就趨於寧靜，除了微弱的呻吟聲、鼾聲，還有長廊上護士小姐的推車在咯咯作響。

從表面上看似平靜的病房，其實一點也不安寧，住在這裡的病人，每個人似乎很軟弱，瀕臨垂死的狀態，其實他們比誰都堅強，像一個英勇的戰士一樣，無時不在捍衛他們的身體；此時體內正在發揮極力，每個細胞都沒有閒置，正在守護疆土不讓任何敵人侵略。這是一場與死神拔河的生戰，別小看它柔弱不堪的身體，拼起命來卻變得那麼勇敢、堅強。或許這是人類求生的本能吧！因為不成功便成仁。醫院成了生死的轉運站，是起點、也是終點；有人在這裡生，也有人在這裡死，贏與輸之間僅在一線之隔，卻是天上人間，是宿命還是毅力能決定生死，只有天知道。然而人生無常，最令人難過的不也是那份無奈的生離死別嗎？每天最擔心的是一覺醒來身旁又會少去一個室友，原來她已悄悄走從此天上人間。

所以深怕那一刻到來，我會守候她們，盡我棉薄之力，看她們有危險狀況的時候幫忙按鈴。在這樣的情況下我遇到黃老師是我的榮幸，我和她的母親金魚婆婆住同一室，原本只是懷著老吾老以及人之老的心情去看顧這些老人，沒想到因此受到他們家屬的感激，就在這時候我認識了金魚婆婆以及她在大學任教的女兒——「黃老師」。一個睿智與孝義兼備的女中豪傑，她是我在這裡認識的第一個朋友。

黃老師是一位英文教授，在大學裡教授多年，別她看嬌小玲瓏，為人卻是豪情萬丈，很有俠女風範，我跟她一見如故，竟成莫逆無所不談，她像大姐般的愛護我，每次來看我，總是噓寒問暖。在我陷入低潮時候給我很多鼓勵。

後來幾次新院長要解散護理之家，幸好有她幫忙發動家屬連署，上書行政院長才免除解散的危機。

令人感恩的白衣天使

凡是親臨所見，才算是。這裡的員工告訴我，這個新護理長專制跋扈要小心一點，感謝她的好意。其實我能怎麼樣，我只是個病人、所須要的是照護，至於其他的和我無關。

這位王護理長看起來的確很嚴謹，不苟言笑，但明理也有愛心。有一次辦活動的時候，我看她很高興，趁此機會我提起勇氣，向她要求讓我放電視，好使我方便進修空大，沒想到她馬上就答應我，並請示院長同意，之後院長也同意讓我安裝電話，有了自修的機會，日子過得比較充實，這都該感謝王護理長。不過她是兼任，不常在護理之家。

每天查房的時候我最怕碰到那個怒目金叉，她找我的麻煩，好像已成癮了。那天又對我指指點點數落一番，罵我單位雜亂，罵我，每次看她雙手插腰口出惡言，一付盛氣凌人的樣子，感覺自己像犯錯的小媳婦一樣，不知她為什麼老是這樣對我，也許自己真的一無是處。

不過也感謝她讓我練就了涵養：「不言、不怒、不聽、不聞。」也讓我了解什麼是女人的醜態，什麼是女人的美德。「不過像她這樣的人在我往後的人生中還會不斷的出現，所以一切只好以平常心看待。」

好在這世界有壞人也有好人，有更多心存慈悲心的人。中午休息的時候阿娟帶一個大籃子，對我說：「這個籃子給你裝東西，這樣也比較整潔。」她幫我把桌上的東西整理好，臨走前吩咐我別讓人家知道籃子是她送的。感謝她這麼有心，使原先對護士失去的那份信心又找回來了！她是個令人崇敬的白衣天使。

阿娟她對我很照顧，從到醫院以來，一路扶植，看我心情憂鬱，知道我喜歡小孩也常帶著他剛滿三個月的兒子來看我。鼓勵著我說：「妳要堅強」這份情誼讓我覺得很溫暖。

為了不讓她失望，我也很積極的努力生活，且越挫越勇。這也許這是我天生不屈的生命力，總認為命苦的人是沒有悲傷的權力，唯有不斷的努力成長。學而實習之不亦樂乎。那些年除了讀空大外，接著也學習電腦。

2001年開始，伊甸招生電腦班，在謝神父開車接送的協助下，在不怎麼被看好的情況下，以及我本身的障礙，不會打字、不會拿滑鼠，克服了種種困難隔離了那些唱衰的雜音，將初級電腦修完成。

由於新任院長的睿智與魄力，在他的領導使原本的大病院甦醒過來，顯得一遍欣欣向榮。

這時候醫院開始轉型，護士一個個被調走，無論是對我好的護士或對我不好的護士都如其所願的回到老本行各廝其位，做她們可以發揮專長的工作，很替她們高興，能夠學以致用。

這裡的工作開始由看護做，留守五位護士、一個護理長監督。儘管有人監督，但這是個良心的工作，要怎樣對待病人全憑自己的良心，即使再多的監視器、再多的監督，都發不了多大的作用。

有一次護士小姐在幫我對面床的阿婆換藥，她很小心的幫阿婆擦拭，誰知阿婆卻唉叫連連，她本以為是自己弄痛她，後來阿婆還是一樣，只要動她一下她就哇哇叫，機警的護士馬上檢查她的身體，這才發現唉叫的原因，阿婆的大腿內側，以及手臂的內側，都青一塊、紫一塊，難怪一碰她就哇哇大叫。護士小姐很生氣誰那麼壞心眼，竟然對一個口不能言的老人作這種惡事，我也很慚愧，一直在注意她們的安全狀況，卻讓別人在我的面前給加害了，我卻混然不知。於是護士小姐叫我別說，她不動聲色的開始找這個禍首。後來找是找到了，原來是那個大排看護所為，其實這是意料中事，我也吃盡她給予的苦頭，「有一次竟把棉被蓋上我的頭，而手無力的我只好任它蓋上，如果不是剛好有人進來，後果將不堪設想，」不過她也不是不無優點，做事勤快，無奈卻是個好勝的人，為了表現工作能力比同事強，把給老人吃的稀飯倒掉三分之二，向護士說：「老人只要是她喂的都會吃光。」這位看護靠山多人又狡猾，儘管知道她的總總惡行，卻奈何不了她，但這次她卻被三振出局。

有時候覺得人生很荒謬，為什麼被選為優良的人，卻不做不良的事，這是多麼的諷刺，然而這是一個多樣的世界，俗諺：「一樣米，養百樣人。」所以什麼的人都有，好在人畢竟都有良知，好護士好看護還是比不良的多很多。

有一天發現這裡的氣象變化很詭異，那些原本不友善的看護，忽然對我和顏悅色可親起來。害我受寵若驚，以為走錯空間，後來有些看護告訴我，因為醫院要選優良看護。哦！原來如此，我完全明白了！真讓人啼笑皆非，不過我還是假裝不知情，開開心心的接受她們這份飛來的「禮遇」，享受幾天平靜和諧的日子也不錯。

人嘛，退一步海闊天空，心想，如果她們因此有所反省那豈不是更好，即使不是，也順其自然，一切以平常心看待。

果然選舉過後，一切又恢復常態了。不過我並不怪她們，一方面了解她們原來的本意，一方面覺得她們大概是工作上的壓力，讓她們想要找人抒發，所以我成了她們發洩的對象。

政府規定五個病人要一個看護照顧，假設三十個病人就有六個看護照顧，表面上很寬容，但病人須要隨時在側，六個看護必須分成三班制，因為上午洗澡，必須多出人力，這樣一來小夜班、大夜班就變成一個人照顧三十個。如此一來還能保有什麼照護的水準和品質。

公立如此，私人機構更不用說了，他們為了賺錢，更是無所不精打細算。可憐我們這些任人擺佈的羔羊，何時才有溫馨的家？看那位重殘的總統夫人，一個人就有好幾個看護照顧，讓人好羨慕。以為有殘障的總統夫人，政府會更體恤我們，對重殘的福利也會更優，誰知道事與願違，我不知道政府的德政在哪裡！

護理長來來去去換了好幾個，這本是人生的場景，習慣了就不覺什麼。每一次換新任護理長都會有一些改革，趁那時候請求新護理長，讓我能夠一星期六天下床復健，想不到這位牛護理長雖然沒有拒絕，卻要我一張醫師的診斷書，為了這，我去找醫師幫忙，沒想到她卻打電話叫醫師不能開給我。醫師感到奇怪，責問護理長為什麼！經過這次之後，她就不再堅持，讓我如願的下床復健。很感謝那位醫師仗義執言。

阿嬤說：「只要有一口氣在，就有希望。」人生路上難免有一些坎坷，只要堅持下去，那些打擊又算什麼，「行到水窮處，坐看雲起時。」人嘛！忍一忍，看開了就否極泰來。

也許有些人會納悶為什麼我不離開呢？和一般機構比，相較之下a醫院的護理之家，有些制度要比一些機構好多了。雖然少數幾個看護態度偏差，不過該做的事，她們仍不太敢明目張膽的懈怠。除了敢對我們這些低收人戶囂張跋扈罷了，而對於那些自費的，尤其是有錢有勢的病患，那股體貼勁，你會以為原來她們也很溫柔婉約，人嘛！趨炎附勢是難免的，唉！有錢真好。

貧在都市無近鄰，富在深山有遠親。一直以為住在我對面的阿婆，大概也是貧病交迫吧，看她孤苦伶仃很少有人來探訪，情況似乎和我差不多。她雖然意識清楚，平常卻沉默不語，只有在不舒服的情況下她才會發出微弱的呻吟聲，在同病相憐的情況下，我格外的注意她，發現她有狀況便請護士小姐，但這些人卻總是愛理不理的說沒事。這也難怪，家人都不理了，外人怎麼肯理。不知道她有沒有家人，看他這樣讓我更加心疼。

而她隔壁床的老人，有錢有權，子女親友很多常有人走動，一有風吹草動，馬上全體總動員，那股殷勤真像眾星拱月。

有一天夜裡那個不愛說話的老人，出了一些狀況，我按鈴請護士過來，她們才知道事態嚴重，這次送去急診以後她就沒有再回來，聽說在加護病房住沒幾天就過世。這時才發現她原來有許多子女，為了一筆不少的遺產在相互爭奪，吵得不可開交。寂寞身後事，想一想人活得真很可悲。一個人奮鬥了大半輩子，一旦病倒失去行為能力，就去了大半人生，不管窮人富人都一樣活得很無奈。

而我呢！隨著病情的惡化，原本自己能夠做的事，卻變成無能為力，讓那些看護以為我偷懶不肯動，更加的鄙視，讓我百口莫辯，算了！也許這是上主給予的磨練。

十年的坎坷歲月讓我成長不少，我哭過、怨過，恨過，也感恩唉！往事不堪回首，然而往者已矣，來者可追，有人問我：「對於過去的總總還怨不怨，恨不恨。」其實這些年來看盡人生的悲歡離合，那些恩怨已經不算什麼，因為生命中有比這些更重要的事，等待我去努力追尋。

直到現在遇到這位知我的現任王卿凌護理長，日子才算是否極泰來吧！別看她年紀輕輕，做起事來很有魄力，不會施泥帶水，對待屬下講求民主，自從她來了之後，我的日子開始過得平和。

她對病人很疼惜，尤其對我更是設想周到，過去我上網都得等待上教堂的時候才有機會上網，今年謝神父大腿骨頭有問題須要開刀，不能像往常一樣來接我去教堂，我就沒有機會上網寄信。正煩惱著，想不到讓她知道這事，馬上派人幫我安裝一個無線網卡。」這份恩惠教我永遠銘記在心。

天生我材必有用，我開始執筆塗鴉，隨著病情的每況愈下，覺得有必要把此生的種種寫下，也許上主垂憐，就在這時候，遇到陳仁勇醫師，他答應指導我，感謝他，細心的調教，對於我的笨拙，他總是以鼓勵，替代責備，奈心的督導。我的寫作生涯才能得以進步，為了幫助我修正作品的缺失，他犧牲一整個夏季的假日，來病房指導我。

每次遇到瓶頸，感到很挫折！他不僅幫我打氣，也陪著我度過難關，這一路來幸好有他的支持，才能堅持到底。

在學習電腦當中，有一次電視媒體訪問，一夜之間把我變成新聞人物，也因此使吳念真大哥的「台灣念真情」來採訪謝樂廷神父和我，知道我須要電腦，吳大哥便相贈一台筆記型電腦，助我順利學習，壞了之後，陳醫師幫我拿去修理，哪知道費用貴得很，為了助我方便寫作，陳仁勇醫師又幫我買了一台筆記型電腦相增。

回首來時路，有酸甜苦辣，五味雜陳，寫下這些，不管是如意事，與不如意，只是對生命歷程所作的紀錄罷了！心中沒有恩怨、什麼平與不平的事，經過歲月的洗滌，所有的一切都過眼雲煙，淡了！遠了，有的只事感恩的心情。

俗話說：「久病床前無孝子」，親人如此，何況是別人，人嘛都有情緒，過去總總不如意，那一切就當它是上主對我的試驗吧！對那些有愛心的護理人員與病服員，心中永懷感恩。

隨著歲月的流轉，病情愈來愈沈重，這些年來多虧這些有愛心的護理人員與病服員細心照料，我的生活才得平穩。

這一路來雖然走得很辛苦，忍吧！坎坎坷坷的走，坎坎坷坷的過，所幸都有好人相助，心中懷著無限的感謝，莫非上主憐我、佑我，才有這些天使守護著，不知道該怎麼謝恩，只好用感恩的心情一個字、一個字的寫，一心一意努力的活出精彩。

語言文學類　PG0477

學校沒教我的36堂課

——一位進行性肌肉萎縮症者的病房手札

作　　者 / 陳彩美
責任編輯 / 林千惠
圖文排版 / 蔡瑋中
封面設計 / 陳佩蓉

發 行 人 / 宋政坤
法律顧問 / 毛國樑　律師
印製出版 / 秀威資訊科技股份有限公司
114台北市內湖區瑞光路76巷65號1樓
電話：+886-2-2796-3638　傳真：+886-2-2796-1377
http://www.showwe.com.tw
劃撥帳號 / 19563868　戶名：秀威資訊科技股份有限公司
讀者服務信箱：service@showwe.com.tw
展售門市 / 國家書店（松江門市）
104台北市中山區松江路209號1樓
電話：+886-2-2518-0207　傳真：+886-2-2518-0778
網路訂購 / 秀威網路書店：http://www.bodbooks.tw
國家網路書店：http://www.govbooks.com.tw
圖書經銷 / 紅螞蟻圖書有限公司
114台北市內湖區舊宗路二段121巷28、32號4樓
電話：+886-2-2795-3656　傳真：+886-2-2795-4100

2010年12月BOD一版
定價：210元

國家圖書館出版品預行編目

學校沒教我的36堂課：一位進行性肌肉萎縮症者的病房手札 / 陳彩美作. -- 一版. -- 臺北市 : 秀威資訊科技, 2010. 12

面； 公分. --（語言文學類 ; PG0477）

BOD版

ISBN 978-986-221-666-8（平裝）

855 99021057

讀者回函卡

感謝您購買本書，為提升服務品質，請填妥以下資料，將讀者回函卡直接寄回或傳真本公司，收到您的寶貴意見後，我們會收藏記錄及檢討，謝謝！

如您需要了解本公司最新出版書目、購書優惠或企劃活動，歡迎您上網查詢或下載相關資料：http:// www.showwe.com.tw

您購買的書名：________________________________

出生日期：________年________月________日

學歷：□高中（含）以下　□大專　□研究所（含）以上

職業：□製造業　□金融業　□資訊業　□軍警　□傳播業　□自由業

　　　□服務業　□公務員　□教職　□學生　□家管　□其它_____

購書地點：□網路書店　□實體書店　□書展　□郵購　□贈閱　□其他

您從何得知本書的消息？

□網路書店　□實體書店　□網路搜尋　□電子報　□書訊　□雜誌

□傳播媒體　□親友推薦　□網站推薦　□部落格　□其他__________

您對本書的評價：（請填代號　1.非常滿意　2.滿意　3.尚可　4.再改進）

封面設計____　版面編排____　內容____　文／譯筆____　價格____

讀完書後您覺得：

□很有收穫　□有收穫　□收穫不多　□沒收穫

對我們的建議：________________________________

____

____

____

請貼
郵票

11466
台北市內湖區瑞光路 76 巷 65 號 1 樓

秀威資訊科技股份有限公司 收

BOD 數位出版事業部

（請沿線對折寄回，謝謝！）

姓　名：＿＿＿＿＿＿＿＿　年齡：＿＿＿＿　性別：□女　□男

郵遞區號：□□□□□

地　址：＿＿＿＿＿＿＿＿＿＿＿＿＿＿＿＿

聯絡電話：(日)＿＿＿＿＿＿＿＿　(夜)＿＿＿＿＿＿＿＿

E-mail：＿＿＿＿＿＿＿＿＿＿＿＿＿＿＿＿